U0088364

50音基本發音表

清音 Track 002

a ㄚ	i ー	u ㄨ	e ㄝ	o ㄡ
あ ア	い イ	う ウ	え エ	お オ
ka ㄎㄚ	ki ㄎ一	ku ㄎㄨ	ke ㄎㄝ	ko ㄎㄡ
か カ	き キ	く ク	け ケ	こ コ
sa ㄙㄚ	shi ㄒ一	su ㄙㄨ	se ㄙㄝ	so ㄙㄡ
さ サ	し シ	す ス	せ セ	そ ソ
ta ㄊㄚ	chi く一	tsu ·ち	te ㄊㄝ	to ㄊㄡ
た タ	ち チ	つ ツ	て テ	と ト
na ㄋㄚ	ni ㄋ一	nu ㄋㄨ	ne ㄋㄝ	no ㄋㄡ
な ナ	に ニ	ぬ ヌ	ね ネ	の ノ
ha ㄏㄚ	hi ㄏ一	fu ㄈㄨ	he ㄏㄝ	ho ㄏㄡ
は ハ	ひ ヒ	ふ フ	へ ヘ	ほ ホ
ma ㄇㄚ	mi ㄇ一	mu ㄇㄨ	me ㄇㄝ	mo ㄇㄡ
ま マ	み ミ	む ム	め メ	も モ
ya 一ㄚ		yu 一ㄩ		yo 一ㄡ
や ヤ		ゆ ユ		よ ヨ
ra ㄌㄚ	ri ㄌ一	ru ㄌㄨ	re ㄌㄝ	ro ㄌㄡ
ら ラ	り リ	る ル	れ レ	ろ ロ
wa ㄨㄚ		o ㄡ		n ㄣ
わ ワ		を ヲ		ん ン

濁音 Track 003

ga ㄍㄚ	gi ㄍ一	gu ㄍㄨ	ge ㄍㄝ	go ㄍㄡ
が ガ	ぎ ギ	ぐ グ	げ ゲ	ご ゴ
za ㄗㄚ	ji ㄐ一	zu ㄗㄨ	ze ㄗㄝ	zo ㄗㄡ
ざ ザ	じ ジ	ず ズ	ぜ ゼ	ぞ ゾ
da ㄉㄚ	ji ㄐ一	zu ㄗㄨ	de ㄉㄝ	do ㄉㄡ
だ ダ	ぢ ヂ	づ ヅ	で デ	ど ド
ba ㄅㄚ	bi ㄅ一	bu ㄅㄨ	be ㄅㄝ	bo ㄅㄡ
ば バ	び ビ	ぶ ブ	べ ベ	ぼ ボ
pa ㄆㄚ	pi ㄆ一	pu ㄆㄨ	pe ㄆㄝ	po ㄆㄡ
ぱ パ	ぴ ピ	ぷ プ	ぺ ペ	ぽ ポ

拗音

kya ㄎ一ㄚ	kyu ㄎ一ㄩ	kyo ㄎ一ㄡ
きゃ キャ	きゅ キュ	きょ キョ
sha ㄒ一ㄚ	shu ㄒ一ㄩ	sho ㄒ一ㄡ
しゃ シャ	しゅ シュ	しょ ショ
cha ㄑ一ㄚ	chu ㄑ一ㄩ	cho ㄑ一ㄡ
ちゃ チャ	ちゅ チュ	ちょ チョ
nya ㄋ一ㄚ	nyu ㄋ一ㄩ	nyo ㄋ一ㄡ
にゃ ニャ	にゅ ニュ	にょ ニョ
hya ㄏ一ㄚ	hyu ㄏ一ㄩ	hyo ㄏ一ㄡ
ひゃ ヒャ	ひゅ ヒュ	ひょ ヒョ
mya ㄇ一ㄚ	myu ㄇ一ㄩ	myo ㄇ一ㄡ
みゃ ミャ	みゅ ミュ	みょ ミョ
rya ㄌ一ㄚ	ryu ㄌ一ㄩ	ryo ㄌ一ㄡ
りゃ リャ	りゅ リュ	りょ リョ

gya ㄍ一ㄚ	gyu ㄍ一ㄩ	gyo ㄍ一ㄡ
ぎゃ ギャ	ぎゅ ギュ	ぎょ ギョ
ja ㄐ一ㄚ	ju ㄐ一ㄩ	jo ㄐ一ㄡ
じゃ ジャ	じゅ ジュ	じょ ジョ
ja ㄐ一ㄚ	ju ㄐ一ㄩ	jo ㄐ一ㄡ
ぢゃ ヂャ	づゅ ヂュ	ぢょ ヂョ
bya ㄅ一ㄚ	byu ㄅ一ㄩ	byo ㄅ一ㄡ
びゃ ビャ	びゅ ビュ	びょ ビョ
pya ㄆ一ㄚ	pyu ㄆ一ㄩ	pyo ㄆ一ㄡ
ぴゃ ピャ	ぴゅ ピュ	ぴょ ピョ

● 平假名　　片假名

使用説明

50音範例

↓　　　　　↓

平假名 ／ 片假名

實用單字範例

日文單字　　中譯

↑　　　　　↑

あなた	你
阿拿搭	a.na.ta.

↓　　　　　↓

中式發音　羅馬拼音

短句範例

あなた は 学生 ですか？	→日文短句
阿拿搭 挖 嘎哭誰－ 爹思咖	→中式發音
a.na.ta. wa. ga.ku.se.i. de.su.ka.	→羅馬拼音
你是學生嗎？	→中譯

特殊符號

"－"表示「長音」，拉長一拍，再發下一個音。

"‧"表示「促音」，稍停頓半拍後再發下一個音。

平假名與片假名

　　日文裡，一個發音會分成「平假名」和「片假名」兩種寫法。本書的發音篇中，將2種寫法同時列出。平假名通常用於傳統日語單字，如：おちゃ（茶）、ごはん（飯）。而片假名通常使用在從國外傳入的單字（外來語）上，如：コーヒー（咖啡）、アメリカ（美國）。

使用説明 (006)

50音 - 清音篇 (041)

50音 - 濁音篇　087

50音 - 半濁音篇　109

50音 - 拗音篇　115

50音 - 促音、長音　135

50音 - 外來語用片假名篇　139

菜日文會話 - 住宿交通篇　151

菜日文會話 - 詢問篇 　171

菜日文會話 - 購物篇　195

菜日文會話 - 飲食篇 ❨217❩

菜日文會話 - 觀光景點篇　249

菜日文會話 - 身體狀況篇 257

菜日文會話 - 請求協助篇 271

菜日文會話 - 心情感受篇　283

ひどい ………………………… 299
真過份／很嚴重

うるさい ………………………… 300
很吵

がっかり ………………………… 301
真失望

しかた
仕方がない ………………… 302
沒辦法

たいへん
大変 ………………………………… 303
真糟／難為你了

しまった ………………………… 304
糟了

おそ
遅い ……………………………… 305
遲了／真慢

かわいそう ……………………… 306
真可憐

ざんねん
残念です ………………………… 307
可惜

菜日文會話 - 問候禮儀篇 319

もしもし …………………… 353
喂

はい …………………… 354
好／是

いいえ …………………… 355
不好／不是

えっと …………………… 356
呃…

わたしも …………………… 357
我也是

とにかく …………………… 358
總之

そうだ …………………… 359
對了

あれっ …………………… 360
咦

さあ …………………… 361
天曉得／我也不知道

空耳で覚える
日本語旅会話帳

50音
清音篇

あ／ア

- **羅馬拼音**　a
- **中式發音**　阿

實用單字

あなた	你
阿拿他	a. na. ta.

あした	明天
阿吸他	a. shi. ta.

あめ	雨
阿妹	a. me.

アイスクリーム	冰淇淋
阿衣思哭哩一母	a. i. su. ku. ri. i. mu.

アパート	公寓
阿趴一偷	a. pa. a. to.

アルバイト	打工
阿嚕巴衣偷	a. ru. ba. i. to.

い／イ

- **羅馬拼音**　i
- **中式發音**　衣

いくら	多少錢	
衣哭啦	i. ku. ra.	

いい	好／好的	
衣一	i. i.	

いいえ	不／不是	
衣一せ	i. i. e.	

インターネット	網路	
衣嗯他一內・偷	i. n. ta. a. ne. tto.	

インフルエンザ	流行感冒	
衣嗯夫嚕せ嗯紮	i. n. fu. ru. e. n. za.	

イタリア	義大利	
衣他哩阿	i. ta. ri. a.	

う／ウ

- **羅馬拼音** u
- **中式發音** 烏

實用單字

うた **烏他**	歌 u. ta.
うそ **烏搜**	謊話 u. so.
うしろ **烏吸搜**	後面 u. shi. ro.
うみ **烏咪**	海 u. mi.
うし **烏吸**	牛 u. shi.
ウール **烏一嚕**	羊毛 u. u. ru.

え／エ

- **羅馬拼音**　e
- **中式發音**　ㄝ

實用單字

え	畫
ㄝ	e.

えき	車站
ㄝkey	e. ki.

えび	蝦子
ㄝ逼	e. bi.

エアコン	空調
ㄝ阿口嗯	e. a. ko. n.

エスカレーター	電扶梯
ㄝ思咖勒一他一	e. su. ka. re. e. ta. a.

エレベーター	電梯
ㄝ勒背一他一	e. re. be. e. ta. a.

お／オ

- **羅馬拼音** o
- **中式發音** 歐

實用單字

おとこ	男人
歐偷口	o. to. ko.

おんな	女人
歐嗯拿	o. n. na.

おいしい	好吃
歐衣吸一	o. i. shi. i.

おんがく	音樂
歐嗯嘎哭	o. n. ga. ku.

オイル	油
歐衣嚕	o. i. ru.

オレンジ	柳橙
歐勒嗯基	o. re. n. ji.

Track 007

か／カ

- **羅馬拼音**　ka
- **中式發音**　咖

實用單字

かわいい **咖哇衣ー**	可愛 ka. wa. i. i.	
かさ **咖撒**	雨傘 ka. sa.	
かばん **咖巴嗯**	包包 ka. ba. n.	
カード **咖ー兜**	卡片/信用卡 ka. a. do.	
カーテン **咖ー貼嗯**	窗簾 ka. a. te. n.	
カート **咖ー偷**	購物車 ka. a. to.	

き／キ

- **羅馬拼音**　ki
- **中式發音**　key（英語的「key」）

實用單字

きせつ key誰此	季節 ki. se. tsu.
きのう keyno一	昨天 ki. no. u.
きれい key勒一	美麗／乾淨 ki. re. i.
キー key一	鑰匙 ki. i.
キロ key摟	公里／公斤 ki. ro.
キッチン key・漆嗯	廚房 ki. cchi. n.

く／ク

- **羅馬拼音** ku
- **中式發音** ㄎㄨ

實用單字

くうこう   機場
哭ー口ー   ku. u. ko. u.

くすり   藥
哭思哩   ku. su. ri.

くつ   鞋子
哭此   ku. tsu.

クッキー   餅乾
哭・key ー   ku. kki. i.

クリスマス   聖誕節
哭哩思媽思   ku. ri. su. ma. su.

クーポン   優惠券
哭ー剖嗯   ku. u. po. n.

Track 009

け／ケ

- **羅馬拼音**　ke
- **中式發音**　開

實用單字

けいけん	經驗
開一開嗯	ke. i. ke. n.

けしき	風景
開吸key	ke. shi. ki.

けんこう	健康
開嗯口一	ke. n. ko. u.

ケーキ	蛋糕
開一key	ke. e. ki.

ケーブルカー	纜車
開一捕嚕咖一	ke. e. bu. ru. ka. a.

ケチャップ	番茄醬
開掐・撲	ke. cha. ppu.

こ／コ

- **羅馬拼音**　ko
- **中式發音**　口

實用單字

| こうえん | 公園 |
| **口ㄧせ嗯** | ko. u. e. n. |

| ことば | 話語 |
| **口偷巴** | ko. to. ba. |

| こころ | 心／感覺 |
| **口口搜** | ko. ko. ro. |

| コーヒー | 咖啡 |
| **口ㄧheㄧ** | ko. o. hi. i. |

| コンサート | 音樂會／演唱會 |
| **口嗯撒ㄧ偷** | ko. n. sa. a. to. |

| コンビニ | 便利商店 |
| **口嗯逼你** | ko. n. bi. ni. |

さ／サ

- **羅馬拼音**　sa
- **中式發音**　撒

實用單字

| さかな | 魚 |
| 撒咖拿 | sa. ka. na. |

| さくら | 櫻／櫻花 |
| 撒哭啦 | sa. ku. ra. |

| さむい | 冷 |
| 撒母衣 | sa. mu. i. |

| サッカー | 足球 |
| 撒・咖一 | sa. kka. a. |

| サンドイッチ | 三明治 |
| 撒嗯兜衣・漆 | sa. n. do. i. cchi. |

| サイズ | 尺寸 |
| 撒衣資 | sa. i. zu. |

Track 010

し／シ

- **羅馬拼音**　shi
- **中式發音**　吸

實用單字

した **吸他**	下面 shi. ta.
しんせつ **吸嗯誰此**	親切 shi. n. se. tsu.
しお **吸歐**	鹽 shi. o.
シーズン **吸一資嗯**	季節 shi. i. zu. n.
システム **吸思貼母**	系統 shi. su. te. mu.
シリーズ **吸哩一資**	系列 shi. ri. i. zu.

Track 011

す／ス

- **羅馬拼音** su
- **中式發音** 思

實用單字

すき **思key**	喜歡 su. ki.
すくない **思哭拿衣**	少 su. ku. na. i.
すこし **思口吸**	一點點 su. ko. shi.
スープ **思一撲**	湯 su. u. pu.
スカート **思咖一偷**	裙子 su. ka. a. to.
スキー **思key一**	滑雪 su. ki. i.

せ／セ

- **羅馬拼音**　se
- **中式發音**　誰

實用單字

せまい **誰媽衣**	很小／很窄 se. ma. i.
せんせい **誰嗯誰一**	老師 se. n. se. i.
せんべい **誰嗯背一**	仙貝 se. n. be. i.
セット **誰・偷**	成套／組合／裝置 se. tto.
センチ **誰嗯漆**	公分 se. n. chi.
セーター **誰一他一**	毛衣 se. e. ta. a.

そ／ソ

- **羅馬拼音**　so
- **中式發音**　搜

實用單字

そこ	那邊
搜口	so. ko.
そと	外面
搜偷	so. to.
そら	天空
搜啦	so. ra.
ソフトクリーム	霜淇淋
搜夫偷哭哩一母	so. fu. to. ku. ri. i. mu.
ソーセージ	熱狗／香腸
搜一誰一基	so. o. se. e. ji.
ソース	沾醬
搜一思	so. o. su.

Track 012

た／タ

- **羅馬拼音**　ta
- **中式發音**　他

實用單字

たかい **他咖衣**	貴／高 ta. ka. i.
たくさん **他哭撒嗯**	很多 ta. ku. sa. n.
たのしい **他no吸一**	高興 ta. no. shi. i.
タクシー **他哭吸一**	計程車 ta. ku. shi. i.
タオル **他歐嚕**	毛巾 ta. o. ru.
ターミナル **他一咪拿嚕**	終點站／航站／出發點 ta. a. mi. na. ru.

ち／チ

- **羅馬拼音**　chi
- **中式發音**　漆

實用單字

ちいさい **漆一撒衣**	小的 chi.i.sa.i.
ちかい **漆咖衣**	很近 chi.ka.i.
ちず **漆資**	地圖 chi.tsu.
チキン **漆key嗯**	雞肉 chi.ki.n.
チーズ **漆一資**	起士 chi.i.zu.
チケット **漆一開・偷**	票 chi.ke.tto.

つ／ツ

- **羅馬拼音** tsu
- **中式發音** 此

実 用 単 字

| つくえ | 桌子 |
| **此哭せ** | tsu. ku. e. |

| つめたい | 冷的 |
| **此妹他衣** | tsu. me. ta. i. |

| つり | 釣魚 |
| **此哩** | tsu. ri. |

| ツール | 工具 |
| **此一嚕** | tsu. u. ru. |

| ツアー | 旅行／巡迴 |
| **此阿一** | tsu. a. a. |

| ツナ | 鮪魚（罐裝的） |
| **此拿** | tsu. na. |

て／テ

- **羅馬拼音**　te
- **中式發音**　貼

實用單字

てんき	天氣	
貼嗯key	te. n. ki.	
てら	寺廟	
貼啦	te. ra.	
てんいん	店員	
貼嗯衣嗯	te. n. i. n.	
テレビ	電視	
貼勒逼	te. re. bi.	
テープ	膠帶	
貼一撲	te. e. pu.	
テーブル	桌子	
貼一捕嚕	te. e. bu. ru.	

Track 014

と／ト

- **羅馬拼音**　to
- **中式發音**　偷

實用單字

| とおい | 遠 |
| **偷一衣** | to. o. i. |

| とけい | 時鐘 |
| **偷開一** | to. ke. i. |

| となり | 旁邊／隔壁 |
| **偷拿哩** | to. na. ri. |

| トースト | 土司 |
| **偷一思偷** | to. o. su. to. |

| トマト | 番茄 |
| **偷媽偷** | to. ma. to. |

| トイレ | 廁所 |
| **偷衣勒** | to. i. re. |

な／ナ

- **羅馬拼音** na
- **中式發音** 拿

實用單字

なか	裡面／中間
拿咖	na. ka.

なつ	夏天
拿此	na. tsu.

なまえ	名字
拿媽せ	na. ma. e.

ナイフ	刀子
拿衣夫	na. i. fu.

ナース	護士
拿一思	na. a. su.

ナビゲーション	導航／導引
拿逼給一休嗯	na. bi. ge. e. sho. n.

に／ニ

- **羅馬拼音**　ni
- **中式發音**　你

實用單字

にく	肉
你哭	ni.ku.

にもつ	行李
你謀此	ni.mo.tsu.

におい	味道／臭味
你歐衣	ni.o.i.

にんげん	人類
你嗯給嗯	ni.n.ge.n.

にんき	人氣／受歡迎的程度
你嗯key	ni.n.ki.

ニーズ	需求
你一資	ni.i.zu.

ぬ／ヌ

- **羅馬拼音**　nu
- **中式發音**　奴

實用單字

ぬるい	溫的／冷掉的
奴嚕衣	nu. ru. i.

ぬの	布
奴no	nu. no.

ぬいぐるみ	布偶
奴衣古嚕咪	nu. i. gu. ru. mi.

ぬま	沼澤／池塘
奴媽	nu. ma.

ぬるぬる	溼溼的
奴嚕奴嚕	nu. ru. nu. ru.

ヌードル	麵條
奴一兜嚕	nu. u. do. ru.

Track 016

ね／ネ

- **羅馬拼音**　ne
- **中式發音**　內

實用單字

ねこ	貓
內口	ne. ko.

ねむい	想睡
內母衣	nu. mu. i.

ねだん	價格
內搭嗯	ne. da. n.

ネイティブ	道地的本國人
內一踢捕	ne. i. ti. bu.

ネット	網路／網
內·偷	ne. tto.

ネイル	指甲
內一嚕	ne. i. ru.

の／ノ

- **羅馬拼音**　no
- **中式發音**　no（英語的「no」）

實用單字

のる no嚕	搭乘 no. ru.
のり no哩	海苔 no. ri.
のみもの no咪謀no	飲料 no. mi. mo. no.
のど no兜	喉嚨 no. do.
ノック no・哭	敲 no. kku.
ノート no一偷	筆記／筆記本 no. o. to.

は／ハ

- **羅馬拼音**　ha
- **中式發音**　哈（助詞時念「哇」）

實用單字

はし **哈吸**	筷子 ha. shi.
はな **哈拿**	花 ha. na.
はる **哈嚕**	春天 ha. ru.
ハンカチ **哈嗯咖漆**	手帕 ha. n. ka. chi.
ハグ **哈古**	擁抱 ha. gu.
ハンバーグ **哈嗯巴ー古**	漢堡排 ha. n. ba. a. gu.

ひ／ヒ

- **羅馬拼音** hi
- **中式發音** he（英語的「he」）

實用單字

ひくい he哭衣	低的 hi. ku. i.
ひこうき he口一key	飛機 hi. ko. u. ki.
ひと he偷	人 hi. to.
ヒーター he一他一	暖爐 hi. i. ta. a.
ヒップホップ he・撲吼・撲	嘻哈 hi. ppu. ho. ppu.
ヒーロー he一摟一	英雄 hi. i. ro. o.

ふ／フ

- **羅馬拼音**　fu
- **中式發音**　夫

實用單字

ふね **夫內**	船 fu. ne.
ふゆ **夫瘀**	冬天 fu. yu.
ふとん **夫偷嗯**	棉被 fu. to. n.
ふたり **夫他哩**	兩個人 fu. ta. ri.
ふるい **夫嚕衣**	舊的 fu. ru. i.
フルーツ **夫嚕一此**	水果 fu. ru. u. tsu.

- **羅馬拼音**　he
- **中式發音**　嘿（當助詞時唸「ㄝ」）

實用單字

へた	不拿手／不好的
嘿他	he. ta.
へや	房間
嘿呀	he. ya.
へび	蛇
嘿逼	he. bi.
へいわ	和平
嘿一哇	he. i. wa.
ヘア	頭髮
嘿阿	he. a.

Track 019

ほ／ホ

- **羅馬拼音** ho
- **中式發音** 吼

実用單字

ほしい	想要	
吼吸一	ho. shi. i.	
ほん	書	
吼嗯	ho. n.	
ほうりつ	法律	
吼一哩此	ho. u. ri. tsu.	
ほか	其他	
吼咖	ho. ka.	
ホームページ	網頁	
吼一母呸一基	ho. o. mu. pe. e. ji.	
ホテル	飯店	
吼貼嚕	ho. te. ru.	

ま／マ

- **羅馬拼音** ma
- **中式發音** 媽

實用單字

まえ	前面
媽せ	ma. e.
まるい	圓的
媽嚕衣	ma. ru. i.
まいにち	每天
媽衣你漆	ma. i. ni. chi.
マラソン	馬拉松
媽啦搜嗯	ma. ra. so. n.
マーク	做記號／商標
媽一哭	ma. a. ku.
マンション	住宅大樓
媽嗯休嗯	ma. n. sho. n.

Track 020

み／ミ

- **羅馬拼音**　mi
- **中式發音**　咪

實用單字

| みかん | 柑橘 |
| 咪咖嗯 | mi. ka. n. |

| みみ | 耳朵 |
| 咪咪 | mi. mi. |

| みず | 水 |
| 咪資 | mi. zu. |

| ミルク | 牛奶 |
| 咪嚕哭 | mi. ru. ku. |

| ミーティング | 會議 |
| 咪一踢嗯古 | mi. i. ti. n. gu. |

| ミス | 錯誤 |
| 咪思 | mi. su. |

む／ム

- **羅馬拼音**　mu
- **中式發音**　母

實用單字

むすこ	兒子
母思口	mu. su. ko.
むすめ	女兒
母思妹	mu. su. me.
むし	蟲
母吸	mu. shi.
むかし	以前
母咖吸	mu. ka. shi.
ムード	氣氛
母一兜	mu. u. do.
ムース	慕絲
母一思	mu. u. su

め／メ

- **羅馬拼音**　me
- **中式發音**　妹

實用單字

めいし	名片
妹一吸	me. i. shi.

め	眼睛
妹	me.

めん	麵
妹嗯	me. n.

メーク	化妝
妹一哭	me. e. ku.

メートル	公尺
妹一偷嚕	me. e. to. ru.

メール	電子郵件
妹一嚕	me. e. ru.

Track 022

も／モ

- **羅馬拼音**　mo
- **中式發音**　謀

實用單字

もも	桃子
謀謀	mo. mo.
もの	東西
謀no	mo. no.
もちろん	當然
謀漆摟嗯	mo. chi. ro. n.
モデル	模特兒／模型
謀爹嚕	mo. de. ru.
モニター	螢幕
謀你他一	mo. ni. ta. a.
モール	商場
謀一嚕	mo. o. ru.

や／ヤ

- **羅馬拼音**　ya
- **中式發音**　呀

實用單字

やくそく	約定
呀哭搜哭	ya. ku. so. ku.
やさい	蔬菜
呀撒衣	ya. sa. i.
やすい	便宜
呀思衣	ya. su. i.
やすみ	休息／休假
呀思咪	ya. su. mi.
やま	山
呀媽	ya. ma.
ヤクルト	養樂多
呀哭嚕偷	ya. ku. ru. to.

Track 023

ゆ／ユ

- **羅馬拼音**　yu
- **中式發音**　瘀

實用單字

ゆび	手指
瘀逼	yu. bi.

ゆき	雪
瘀key	yu. ki.

ゆめ	夢
瘀妹	yu. me.

ユーモア	幽默
瘀一謀阿	yu. u. mo. a.

ユーターン	調頭／返回
瘀一他一嗯	yu. u. ta. a. n.

ユーザー	使用者
瘀一紮一	yu. u. za. a.

Track 023

よ／ヨ

- **羅馬拼音** yo
- **中式發音** 優

實用單字

よやく **優呀哭**	預約 yo. ya. ku.
よる **優嚕**	晚上 yo. ru.
よてい **優貼一**	預定 yo. te. i.
ヨーロッパ **優一搜・趴**	歐洲 yo. o. ro. ppa.
ヨーガ **優一嘎**	瑜珈 yo. o. ga.
ヨット **優・偷**	遊艇／帆船 yo. tto

ら／ラ

- 羅馬拼音　ra
- 中式發音　啦

實用單字

らいねん	明年
啦衣內嗯	ra. i. ne. n.

らく	輕鬆
啦哭	ra. ku.

らくだ	駱駝
啦哭搭	ra. ku. da.

ラーメン	拉麵
啦一妹嗯	ra. a. me. n.

ライブ	演唱會／生活／現場演唱
拉衣捕	ra. i. bu.

ライオン	獅子
拉衣歐嗯	ra. i. o. n.

り／リ

- **羅馬拼音**　ri
- **中式發音**　哩

実 用 單 字

りこん **哩口嗯**	離婚 ri. ko. n.
りんご **哩嗯狗**	蘋果 ri. n. go.
りか **哩咖**	理科 ri. ka.
リラックス **哩啦・哭思**	放鬆 ri. ra. kku. su.
リスト **哩思偷**	名單 ri. su. to.
リビング **哩逼嗯古**	客廳 ri. bi. n. gu.

Track 025

る／ル

- **羅馬拼音**　ru
- **中式發音**　嚕

實用單字

るす **嚕思**	不在	ru. su.
るすばん **嚕思巴嗯**	看家	ru. su. ba. n.
るり **嚕哩**	琉璃	ru. ri.
ルビー **嚕逼一**	紅寶石	ru. bi. i.
ルーム **嚕一母**	房間	ru. u. mu.
ルール **嚕一嚕**	規則	ru. u. ru.

れ／レ

- **羅馬拼音**　re
- **中式發音**　勒

實用單字

れいぞうこ	冰箱
勒一走一口	re. i. zo. u. ko.
れきし	歷史
勒key吸	re. ki. shi.
れんらく	聯絡
勒嗯啦哭	re. n. ra. ku.
レポート	報告
勒剖一偷	re. po. o. to.
レモン	檸檬
勒謀嗯	re. mo. n.
レース	比賽
勒一思	re. e. su.

ろ／ロ

- **羅馬拼音**　ro
- **中式發音**　摟

實用單字

ろうか	走廊
摟一咖	ro. u. ka.

ろうそく	蠟燭
摟一搜哭	ro. u. so. ku.

ろせん	路線
摟誰嗯	ro. se. n.

ロッカー	置物櫃
摟・咖ー	ro. kka. a.

ロース	里肌肉
摟一思	ro. o. su.

ロック	搖滾
摟・哭	ro. kku.

Track 026

わ／ワ

- **羅馬拼音**　wa
- **中式發音**　哇

實用單字

わたし **哇他吸**	我 wa.ta.shi.
わるい **哇嚕衣**	不好的 wa.ru.i.
わかい **哇咖衣**	年輕的 wa.ka.i.
ワイン **哇衣嗯**	紅酒 wa.i.n.
ワールド **哇一嚕兜**	世界 wa.a.ru.do.
ワンピース **哇嗯披一思**	連身洋裝 wa.n.pi.i.su.

を／ヨ

- **羅馬拼音** o
- **中式發音** 喔

ん／ン

- **羅馬拼音** n
- **中式發音** 嗯

50音
濁音篇

が／ガ

- **羅馬拼音**　ga
- **中式發音**　嘎

實用單字

がいこく	外國
嘎衣口哭	ga. i. ko. ku.

がっこう	學校
嘎・口一	ga. ko. u.

がっかり	失望
嘎・咖哩	ga. ka. ri.

ガソリン	汽油
嘎搜哩嗯	ga. so. ri. n.

ガイド	導遊／説明書／工具書
嘎衣兜	ga. i. do.

ガム	口香糖
嘎母	ga. mu.

ぎ／ギ

- **羅馬拼音**　gi
- **中式發音**　個衣

實用單字

ぎじゅつ	技術
個衣居此	gi. ju. tsu.

ぎんこう	銀行
個衣嗯口一	gi. n. ko. u.

ぎいん	議員
個衣一嗯	gi. i. n.

ギフト	禮物
個衣夫偷	gi. fu. to.

ギター	吉他
個衣他一	gi. ta. a.

ギプス	石膏
個衣捕思	gi. bu. su.

ぐ／グ

- **羅馬拼音**　gu
- **中式發音**　古

實用單字

ぐうぜん **古一賊嗯**	偶然 gu. u. ze. n.
ぐう **古一**	石頭／猜拳時出的石頭 gu. u.
ぐうげん **古一給嗯**	寓言 gu. u. ge. n.
グループ **古嚕一撲**	團體 gu. ru. u. pu.
グッズ **古・資**	商品 gu. zzu.
グミ **古咪**	軟糖 gu. mi.

Track 029

げ／ゲ

- **羅馬拼音**　ge
- **中式發音**　給

實用單字

げつようび	星期一	
給此優一逼	ge. tsu. yo. u. bi.	
げんき	精神／活力	
給嗯key	ge. n. ki.	
げんきん	現金	
給嗯key嗯	ge. n. ki.	
ゲーム	遊戲	
給一母	ge. e. mu.	
ゲスト	來賓	
給思偷	ge. su. to.	
ゲット	得到	
給・偷	ge. tto.	

ご／ゴ

- **羅馬拼音** go
- **中式發音** 狗

實用單字

ご **狗**	五 go.
ごはん **狗哈嗯**	飯／餐 go. ha. n.
ごめん **狗妹嗯**	對不起 go. me. n.
ゴルフ **狗嚕夫**	高爾夫 go. ru. fu.
ゴール **狗一嚕**	目標 go. o. ru.
ゴールデンウィーク **狗一嚕参嗯we一哭**	黃金週 go. o. ru. de. n. wi. i. ku.

Track 030

ざ／ザ

- **羅馬拼音**　za
- **中式發音**　紮

實用單字

| ざんねん | 可惜 |
| 紮嗯內嗯 | za. n. ne. n. |

| ざんぎょう | 加班 |
| 紮嗯哥優一 | za. n. gyo. u. |

| ざっし | 雜誌 |
| 紮・吸 | za. shi. |

| ざいりょう | 材料 |
| 紮衣溜一 | za. i. ryo. u. |

| ざいす | 和式椅 |
| 紮衣思 | za. i. su. |

| ざしき | 和式座位 |
| 紮吸key | za. shi. ki. |

じ／ジ

- **羅馬拼音**　ji
- **中式發音**　基

實用單字

じぶん	自己
基捕嗯	ji. bu. n.
じかん	時間
基咖嗯	ji. ka. n.
じてんしゃ	腳踏車
基貼嗯瞎	ji. te. n. sha.
じゆう	自由
基瘀一	ji. yu. u.
じもと	當地
基謀偷	ji. mo. to.
ジープ	吉普車
基一撲	ji. i. pu.

ず／ズ

- **羅馬拼音**　zu
- **中式發音**　資

實用單字

ずっと	一直	
資・偷	zu. tto.	
ず	圖	
資	zu.	
ずいぶん	非常／很多	
資衣捕嗯	zu. i. bu. n.	
ずるい	狡滑	
資嚕衣	zu. ru. i.	
ずいいち	首屈一指	
資衣一漆	zu. i. i. chi.	
ズボン	長褲	
資玻嗯	zu. bo. n.	

ぜ／ゼ

- 羅馬拼音　ze
- 中式發音　賊

實用單字

ぜったい	絕對
賊・他衣	ze. tta. i.
ぜんぶ	全部
賊嗯捕	ze. n. bu.
ぜんぜん	毫不
賊嗯賊嗯	ze. n. ze. n.
ゼリー	果凍
賊哩一	ze. ri. i.
ゼロ	零
賊摟	ze. ro.
ゼミ	研討會
賊咪	ze. mi.

ぞ／ゾ

- **羅馬拼音**　zo
- **中式發音**　走

實用單字

ぞう **走一**	大象 zo. u.
ぞっと **走・偷**	毛骨悚然 zo. tto.
ぞうきん **走一key嗯**	抹布 zo. u. ki. n.
ぞうすい **走一思衣**	(用高湯煮成的)粥 zo. u. su. i.
ぞくぞく **走哭走哭**	接連著 zo. ku. zo. ku.
ゾーン **走一嗯**	地帶／範圍 zo. o. n.

だ／ダ

- **羅馬拼音**　da
- **中式發音**　搭

實 用 單 字

だいがく **搭衣嘎哭**	大學 da. i. ga. ku.	
だめ **搭妹**	不行 da. me.	
だれ **搭勒**	誰 da. re.	
ダブル **搭捕嚕**	雙份／兩倍 da. bu. ru.	
ダンス **搭嗯思**	跳舞 da. n. su.	
ダイエット **搭衣せ・偷**	減肥 da. i. e. tto.	

Track 033

ぢ／ヂ

- **羅馬拼音** ji
- **中式發音** 基

實用單字

ちぢむ **漆基母**	縮 chi. ji. mu.
はなぢ **哈拿基**	鼻血 ha. na. ji.

説明

　　源自「ち」，再加上濁點記號「　゛」。念法和中文裡的「基」相同。現代詞語中幾乎都被「じ」所取代，兩者念法也幾乎相同。通常在兩個「ち」連用時，第二個「ち」就念成「ぢ」，如：ちぢむ。或是當兩個詞語合在一起的複合語時，後面的詞首字為「ち」時，就變成「ぢ」，如：はな（鼻）和ち（血）合成的はなぢ一詞。

づ／ヅ

- **羅馬拼音** zu
- **中式發音** 資

實用單字

つづき	繼續
此資key	tsu. zu. ki.

てづくり	手工製
貼資哭哩	te. zu. ku. ri.

説明

　　源自「つ」，再加上濁點記號「　゛」。念法和中文裡的「資」相同。現代詞語中幾乎都被「ず」所取代，兩字念法也幾乎相同。通常在兩個「つ」連用時，第二個「つ」就念成「づ」，如：つづき。或是當兩個詞語合在一起的複合語時，後面的詞首字為「つ」時，就變成「づ」，如：て（手）和つくり（製作）合成的てづくり一詞。

Track 034

で ／ デ

- **羅馬拼音** de
- **中式發音** 爹

實用單字

でんわ **爹嗯哇**	電話 de. n. wa.
でも **爹謀**	可是 de. mo.
でんき **爹嗯key**	電燈／電器 de. n. ki.
デート **爹一偷**	約會 de. e. to.
デザイン **爹紮衣嗯**	設計 de. za. i. n.
デパート **爹趴一偷**	百貨公司 de. pa. a. to.

ど／ド

- **羅馬拼音**　do
- **中式發音**　兜

| 實用單字 | | |

どこ 兜口	在哪／哪裡 do. ko.
どうも 兜一謀	你好／謝謝 do. u. mo.
どうぶつ 兜一捕此	動物 do. u. bu. tsu.
ドア 兜阿	門 do. a.
ドラマ 兜拉媽	連續劇 do. ra. ma.
ドーナツ 兜一拿此	甜甜圈 do. o. na. tsu.

ば／バ

- **羅馬拼音** ba
- **中式發音** 巴

實用單字

ばんごう **巴嗯狗一**	號碼 ba. n. go. u.
ばんぐみ **巴嗯古咪**	節目 ba. n. gu. mi.
ばしょ **巴休**	地方／場地 ba. sho.
バス **巴思**	巴士 ba. su.
バッグ **巴・古**	包包 ba. ggu.
バースデー **巴一思爹一**	生日 ba. a. su. de. e.

び／ビ

- **羅馬拼音**　bi
- **中式發音**　逼

實用單字

びっくり **逼・哭哩**	嚇一跳 bi. kku. ri.
びみょう **逼咪優一**	微妙／難以形容 bi. myo. u.
びょういん **逼優一衣嗯**	美容院 bi. yo. u. i. n.
ビーフ **逼一夫**	牛肉 bi. i. fu.
ビル **逼嚕**	大樓 bi. ru.
ビール **逼一嚕**	啤酒 bi. i. ru.

Track 036

ぶ／ブ

- **羅馬拼音** bu
- **中式發音** 捕

實用單字

| ぶちょう | 部長 |
| **捕秋一** | bu. cho. u. |

| ぶかつ | 高中的社團活動 |
| **捕咖此** | bu. ka. tsu. |

| ぶんか | 文化 |
| **捕嗯咖** | bu. n. ka. |

| ブーツ | 靴子 |
| **捕一此** | bu. u. tsu. |

| ブランド | 品牌 |
| **捕啦嗯兜** | bu. ra. n. do. |

| ブルー | 藍色 |
| **捕嚕一** | bu. ru. u. |

Track 037

ベ／べ

- **羅馬拼音**　be
- **中式發音**　背

實用單字

べんり **背嗯哩**	方便 be. n. ri.
べんきょう **背嗯哥優一**	用功／念書 be. n. kyo. u.
べんとう **背嗯偷一**	便當 be. n. to. u.
ベッド **背‧兜**	床 be. ddo.
ベル **背嚕**	鈴 be. ru.
ベルト **背嚕偷**	皮帶 be. ru. to.

ぼ／ボ

- **羅馬拼音** bo
- **中式發音** 玻

實用單字

ぼうし	帽子
玻一吸	bo. u. shi.

ぼく	我（男性説法）
玻哭	bo. ku.

ぼうっと	發呆
玻一・偷	bo. u. tto.

ボタン	鈕釦
玻他嗯	bo. ta. n.

ボール	球
玻一嚕	bo. o. ru.

ボーナス	獎金
玻一拿思	bo. o. na. su.

空耳で覚える
日本語旅会話帳

50音
半濁音篇

ぱ／パ

- **羅馬拼音** pa
- **中式發音** 趴

實用單字

ぱくる **趴哭嚕**	抄襲	pa. ku. ru.
ぱっちり **趴・漆哩**	明亮	pa. cchi. ri.
ぱっと **趴・偷**	突然／一下子	pa. tto.
パスポート **趴思剖一偷**	護照	pa. su. po. o. to.
パソコン **趴搜口嗯**	電腦	pa. so. ko. n.
パン **趴嗯**	麵包	pa. n.

Track 038

- 羅馬拼音　pi
- 中式發音　披

實用單字

ぴりから **披哩咖啦**	微辣 pi. ri. ka. ra.
ぴりっと **披哩・偷**	刺痛／撕破 pi. ri. tto.
ぴかぴか **披咖披咖**	亮晶晶 pi. ka. pi. ka.
ピザ **披紮**	比薩 pi. za.
ピアス **披阿思**	耳環 pi. a. su.
ピーマン **披一媽嗯**	青椒 pi. i. ma. n.

Track 039

ぷ／プ

- **羅馬拼音** pu
- **中式發音** 撲

實用單字

ぷんぷん 撲嗯撲嗯	生氣的樣子	pu. n. pu. n.
ぷかぷか 撲咖撲咖	輕的東西在水上漂流的樣子	pu. ka. pu. ka.
ぷっくり 撲・哭哩	膨脹的樣子	pu. kku. ri.
プール 撲一嚕	泳池	pu. u. ru.
プレゼント 撲勒賊嗯偷	禮物	pu. re. ze. n. to.
プロ 撲撒	專業／職業的	pu. ro.

- **羅馬拼音** pe
- **中式發音** 呸

實用單字

ぺこぺこ **呸口呸口**	肚子餓 pe. ko. pe. ko.
ぺたぺた **呸他呸他**	貼滿／塗滿 pe. ta. pe. ta.
ページ **呸一基**	頁 pe. e. ji.
ペア **呸阿**	成對的 pe. a.
ペット **呸・偷**	寵物 pe. tto.
ペン **呸嗯**	筆 pe. n.

Track 040

ぽ／ポ

- **羅馬拼音** po
- **中式發音** 剖

實用單字

ぽいすて	隨手亂丟垃圾
剖衣思貼	po. i. su. te.

ぽかぽか	暖和的
剖咖剖咖	po. ka. po. ka.

ポスター	海報
剖思他一	po. su. ta. a.

ポテト	馬鈴薯／薯條
剖貼偷	po. te. to.

ポーク	豬肉
剖一哭	po. o. ku.

ポケット	口袋
剖開・偷	po. ke. tto.

50音
拗音篇

きゃ／キャ

- **羅馬拼音**　kya
- **中式發音**　克呀

實 用 單 字

きゃあ **克呀一**	尖叫的聲音 kya. a.
きゃく **克呀哭**	客人 kya. ku.
きゃくしつ **克呀哭吸此**	客房 kya. ku. shi. tsu.
キャンセル **克呀嗯誰嚕**	取消 kya. n. se. ru.
キャンデー **克呀嗯爹一**	糖果 kya. n. de. e.
キャベツ **克呀背此**	高麗菜 kya. be. tsu.

きゅ／キュ

- **羅馬拼音**　kyu
- **中式發音**　Q（英語的「Q」）

實用單字

きゅうじつ	放假日
Q一基此	kyu. u. ji. tsu.
きゅうり	小黃瓜
Q一哩	kyu. u. ri.
きゅうりょう	薪水
Q一溜一	kyu. u. ryo. u.
きゅうに	突然
Q一你	kyu. u. ni.
きゅうしょうがつ	農曆新年
Q一休一嘎此	kyu. u. sho. u. ga. tsu.
キュート	可愛
Q一偷	kyu. u. to.

Track 042

きょ／キョ

- **羅馬拼音** kyo
- **中式發音 克優**

實用單字

きょく **克優哭**	歌曲 kyo. ku.
きょう **克優一**	今天 kyo. u.
きょうしつ **克優一吸此**	教室 kyo. u. shi. tsu.
きょうだい **克優一搭衣**	兄弟姊妹 kyo. u. da. i.
きょねん **克優內嗯**	去年 kyo. ne. n.
きょうみ **克優一咪**	有興趣 kyo. u. mi.

しゃ／シャ

- **羅馬拼音**　sha
- **中式發音**　瞎

實用單字

しゃかい **瞎咖衣**	社會 sha. ka. i.
しゃちょう **瞎秋一**	社長／老闆 sha. cho. u.
しゃしん **瞎吸嗯**	照片 sha. shi. n.
しゃいん **瞎衣嗯**	社員 sha. i. n.
シャワー **瞎哇ー**	淋浴 sha. wa. a.
シャーベット **瞎ー背・偷**	雪酪 sha. be. tto.

しゅ／シュ

- **羅馬拼音**　shu
- **中式發音**　噓

實用單字

しゅうまつ	週末
噓一媽此	shu. u. ma. tsu.
しゅみ	興趣／嗜好
噓咪	shu. mi.
しゅっぱつ	出發
噓・趴此	shu. ppa. tsu.
シューズ	鞋子
噓一資	shu. u. zu.
シュークリーム	泡芙
噓一哭哩一母	shu. u. ku. ri. i. mu.
シューマイ	燒賣
噓一媽衣	shu. u. ma. i.

しょ／ショ

- **羅馬拼音** sho
- **中式發音** 休

實用單字		
しょうゆ **休一瘀**	醬油 sho. u. yu.
しょうかい **休一咖衣**	介紹 sho. u. ka. i.
しょうせつ **休一誰此**	小説 sho. u. se. tsu.
ショップ **休・撲**	商店 sho. ppu.
ショック **休・哭**	震驚／打撃 sho. kku.
ショッピング **休・披嗯古**	購物 sho. ppi. n. gu.

ちゃ／チャ

- **羅馬拼音**　cha
- **中式發音**　掐

實用單字

ちゃ **掐**	茶 cha.
ちゃいろ **掐衣摟**	咖啡色 cha. i. ru.
ちゃわん **掐哇嗯**	碗 cha. wa. n.
チャーハン **掐一哈嗯**	炒飯 cha. a. ha. n.
チャンス **掐嗯思**	機會 cha. n. su.
チャレンジ **掐勒嗯基**	挑戰 cha. re. n. ji.

ちゅ／チュ

- **羅馬拼音** chu
- **中式發音** 去

実用單字

ちゅうし	中止
去一吸	chu. u. shi.

ちゅうしゃ	停車
去一瞎	chu. u. sha.

ちゅうがっこう	中學
去一嘎・ロー	chu. u. ga. kko. u.

ちゅうい	警告
去一衣	chu. u. i.

ちゅうしん	中心
去一吸嗯	chu. u. shi. n.

チューリップ	鬱金香
去一哩・撲	chu. u. ri. ppu.

ちょ／チョ

- **羅馬拼音** cho
- **中式發音** 秋

實用單字

ちょきん 秋key嗯	存錢	cho. ki. n.
ちょくせつ 秋哭誰此	直接	cho. ku. se. tsu.
ちょっと 秋・偷	有點／稍微	cho. tto.
ちょうど 秋一兜	剛好	cho. u. do.
チョイス 秋衣思	選擇	cho. i. su.
チョコレート 秋口勒一偷	巧克力	cho. ko. re. e. to.

Track 045

にゃ／ニャ

- 羅馬拼音　nya
- 中式發音　娘

Track 045

にゅ／ニュ

- 羅馬拼音　nyu
- 中式發音　女

Track 045

にょ／ニョ

- 羅馬拼音　nyo
- 中式發音　妞

Track 046

ひゃ／ヒャ

- 羅馬拼音　hya
- 中式發音　合呀

Track 046

ひゅ／ヒュ

- 羅馬拼音　hyu
- 中式發音　合瘀

Track 046

ひょ／ヒョ

- 羅馬拼音　hyo
- 中式發音　合優

Track 046

みゃ／ミャ

- 羅馬拼音 mya
- 中式發音 咪呀

Track 046

みゅ／ミュ

- 羅馬拼音 myu
- 中式發音 咪瘀

Track 046

みょ／ミョ

- 羅馬拼音 myo
- 中式發音 咪優

Track 047

りゃ／リャ

- 羅馬拼音　rya
- 中式發音　力呀

Track 047

りゅ／リュ

- 羅馬拼音　ryu
- 中式發音　驢

Track 047

りょ／リョ

- 羅馬拼音　ryo
- 中式發音　溜

Track 047

ぎゃ／ギャ

- 羅馬拼音　gya
- 中式發音　哥呀

Track 047

ぎゅ／ギュ

- 羅馬拼音　gyu
- 中式發音　哥瘀

Track 047

ぎょ／ギョ

- 羅馬拼音　gyo
- 中式發音　哥優

Track 047

じゃ／ジャ

- 羅馬拼音　ja
- 中式發音　加

Track 047

じゅ／ジュ

- 羅馬拼音　ju
- 中式發音　居

Track 047

じょ／ジョ

- 羅馬拼音　jo
- 中式發音　糾

ぢゃ／ヂャ

- 羅馬拼音　ja
- 中式發音　加

ぢゅ／ヂュ

- 羅馬拼音　ju
- 中式發音　居

ぢょ／ヂョ

- 羅馬拼音　jo
- 中式發音　糾

Track 048

びゃ／ビャ

- 羅馬拼音　bya
- 中式發音　逼呀

Track 048

びゅ／ビュ

- 羅馬拼音　byu
- 中式發音　逼瘀

Track 048

びょ／ビョ

- 羅馬拼音　byo
- 中式發音　逼優

Track 048

ぴゃ／ピャ

- 羅馬拼音　pya
- 中式發音　披呀

Track 048

ぴゅ／ピュ

- 羅馬拼音　pyu
- 中式發音　披瘀

Track 048

ぴょ／ピョ

- 羅馬拼音　pyo
- 中式發音　披優

空耳で覚える
日本語旅会話帳

50音
促音、長音

Track 049

つ／ツ

實用單字

いっしょ 衣・休	一起 i. ssho.
いったん 衣・他嗯	一旦／暫時 i. tta. n.
いっせい 衣・誰ー	一起 i. sse. i.

説　明

　　「つ」的小寫是表示促音，這個字只會出現在單字中間。促音不發音，而是發完促音前一個音後，稍有停頓，並加重促音後的一個音。

Track 049

實用單字

ビール	啤酒
逼-露	bi. i. ru.

コーヒー	咖啡
ロ-he-	ko. o. hi. i.

ミュージック	音樂
咪瘀-基．哭	my. u. ji. kku.

說　明

　　在片假名中，長音的標示記號為「ー」。在平假名中，若是單字最後的音是あ、い、う、え、お、う結尾，而後面又再接上了あ、い、う、え、お、う等字時，則讓前一個音多拉長一拍。

空耳で覚える
日本語旅会話帳

50音
外來語用
片假名篇

Track 050

ウォ

- 羅馬拼音 uo
- 中式發音 窩

Track 050

クァ

- 羅馬拼音 kua
- 中式發音 誇

Track 050

クィ

- 羅馬拼音 kui
- 中式發音 哭衣

Track 051

クェ

- 羅馬拼音　kue
- 中式發音　虧

Track 051

クォ

- 羅馬拼音　kuo
- 中式發音　括

Track 051

グァ

- 羅馬拼音　gua
- 中式發音　刮

Track 051

シェ

- 羅馬拼音　she
- 中式發音　些

Track 051

ジェ

- 羅馬拼音　je
- 中式發音　接

Track 051

スィ

- 羅馬拼音　sui
- 中式發音　穌衣

Track 052

チェ

● 羅馬拼音　che　　● 中式發音　切

Track 052

ツァ

● 羅馬拼音　tsa　　● 中式發音　擦

Track 052

ツィ

● 羅馬拼音　tsui　　● 中式發音　姿衣

ツェ

- 羅馬拼音　tse
- 中式發音　賊

ツォ

- 羅馬拼音　tso
- 中式發音　搓

ティ

- 羅馬拼音　ti
- 中式發音　踢

Track 053

テュ

- 羅馬拼音　tyu
- 中式發音　特瘀

Track 053

ディ

- 羅馬拼音　di
- 中式發音　低

Track 053

デュ

- 羅馬拼音　dyu
- 中式發音　低瘀

トゥ

● 羅馬拼音　tu　　● 中式發音　吐

ドゥ

● 羅馬拼音　du　　● 中式發音　肚

ファ

● 羅馬拼音　fa　　● 中式發音　發

Track 054

フィ

- 羅馬拼音 fi
- 中式發音 膚衣

Track 054

フュ

- 羅馬拼音 fyu
- 中式發音 膚瘀

Track 054

フェ

- 羅馬拼音 fe
- 中式發音 非

フォ

- 羅馬拼音　fo
- 中式發音　否

ヴァ

- 羅馬拼音　ba
- 中式發音　把

ヴィ

- 羅馬拼音　bi
- 中式發音　比

ヴュ

- 羅馬拼音　byu
- 中式發音　捕瘀

ヴェ

- 羅馬拼音　be
- 中式發音　背

ヴォ

- 羅馬拼音　bo
- 中式發音　剝

菜日文會話
住宿交通篇

ホテルを探^{さが}しています

吼貼嚕喔　撒嘎吸貼　衣媽思

ho.te.ru.o.　sa.ga.shi.te.　i.ma.su.

我在找飯店

説　明

　　在旅遊時如果沒有預訂飯店，可以在當地的旅客詢問
中心，向服務人員詢問飯店資訊，此時就可以用「ホテル
を探^{さが}しています」這句話。

情 境 對 話

A：すみません。ビジネスホテルを探^{さが}してい
ます。

思咪媽誰嗯　逼基內思吼貼嚕喔　撒嘎吸貼　衣媽思

su.mi.ma.se.n.　bi.ji.ne.su.ho.te.ru.o.　sa.ga.
shi.te.i.ma.su.

不好意思，我在找商務飯店。

B：ホテルでしたら、こちらのグランドホテ
ルはいかがですか？

吼貼嚕　爹吸他啦　口漆啦no　古啦嗯兜　吼貼嚕哇　衣
咖嘎　爹思咖

ho.te.ru.de.shi.ta.ra.　ko.chi.ra.no.　gu.ra.
n.do.ho.te.ru.wa.　i.ka.ga.de.su.ka.

飯店的話，這間格蘭飯店如何？

Track 055

予約したいのですが

優呀哭　吸他衣no　爹思咖

yo.ya.ku. shi.ta.i.no. de.su.ga.

我要預約

説明

　　向飯店訂房時，用「予約したいのですが」表達想要預約的意思。而房型則有，雙人房（一張大床）「ダブル」、雙人房（兩張床）「ツイン」和單人房「シングル」。

情境對話

A：ダブルを1部屋予約したいのですが。

搭捕嚕喔　he偷嘿呀　優呀哭　吸他衣no　爹思嘎

da.bu.ru.o. hi.to.he.ya. yo.ya.ku.shi.ta.i.no. de.su.ga.

我要訂一間有雙人床的房間

B：かしこまりました。ただいま空室をお調べいたします。

咖吸口媽哩媽吸他　他搭衣媽　哭ー吸此喔　歐吸啦背衣他吸媽思

ka.shi.ko.ma.ri.ma.shi.ta. ta.da.i.ma. ku.u.shi.tsu.o. o.shi.ra.be. i.ta.shi.ma.su.

好的，現在為您調查是否有空房。

静かな部屋にしてください

吸資咖拿　嘿呀你　吸貼　哭搭撒衣
shi.zu.ka.na.　he.ya.ni.　shi.te.　ku.da.sa.i.

請給我安靜的房間

説 明

　　訂房時，向飯店要求房間的特殊需求時，可以用「～部屋にしてください」。

情 境 對 話

A：静かな部屋にしてください。

吸資咖拿　嘿呀你　吸貼　哭搭撒衣
shi.zu.ka.na.　he.ya.ni.　shi.te.　ku.da.sa.i.

請給我安靜的房間。

B：かしこまりました。

咖吸口媽哩媽吸他
ka.shi.ko.ma.ri.ma.shi.ta.

好的。

Track 056

チェックアウトは何時で
すか

切・哭阿烏偷哇　拿嗯基　爹思咖

che.kku.a.u.to.wa. na.n.ji. de.su.ka.

退房是幾點

説明

「チェックイン」是入住，「チェックアウト」是退
房的意思。

情境對話

A：チェックアウトは何時ですか？

切・哭阿烏偷哇　拿嗯基　爹思咖

che.kku.a.u.to.wa. na.n.ji. de.su.ka.

退房是幾點？

B：午前１０時までです。

狗賊嗯　居－基　媽爹　爹思

go.ze.n. ju.u.ji. ma.de de.su.

早上10點之前。

タオルは追加でもらえますか

他歐嚕哇　此衣咖爹　謀啦せ媽思咖

ta.o.ru.wa. tsu.i.ka.de. mo.ra.e.ma.su.ka.

可以多要毛巾嗎

説明

在客房內如果需要什麼物品的話，可以用「～をもらえますか」或「～ください」來表示。而「追加」則是多要的意思。

情境對話

A：フロントです。

夫捜嗯偷　爹思

fu.ro.n.to. de.su.

這裡是櫃檯。

B：すみません。タオルは追加でもらえますか？

思咪媽誰嗯　他歐嚕哇　此衣咖爹　謀啦せ媽思咖

su.mi.ma.se.n. ta.o.ru.wa. tsu.i.ka.de. mo.ra.e.ma.su.ka.

不好意思，我可以多要毛巾嗎？

どの方向ですか

兜no吼－ロー　爹思咖

do.no.ho.u.ko.u de.su.ka.

哪個方向

説明

「どの」是哪個，「方向」是方向的意思；「どの
方向ですか」就是問方向的時候可以使用的句子。

情境對話

A：すみません、図書館に行きたいんです
が、どの方向ですか？

思咪媽誰嗯　偷休咖嗯你　衣key他衣嗯　爹思嘎
兜no吼－ロー　爹思咖

su.mi.ma.se.n to.sho.ka.n.ni i.ki.ta.i.n
de.su.ga do.no.ho.u.ko.u de.su.ka.

不好意思，我想要去圖書館，請問要往哪個方向？

B：図書館ですか？南のほうですよ。

偷休咖嗯　爹思咖　咪拿咪no　吼－爹思優

to.sho.ka.n. de.su.ka. mi.na.mi.no. ho.u.de.
su.yo.

圖書館嗎？要往南邊。

この便は予定通りに出発しますか

口no逼嗯哇　優貼ー兜ー哩你　嘘‧趴此　吸媽思咖

ko.no.bi.n.wa.　yo.te.i.do.o.ri.ni.　shu.ppa.tsu.
shi.ma.su.ka.

這班飛機準時出發嗎

説明

　　準時是「予定通り」，起飛、出發則是「出発します」。若是想問會誤點多久，則是説「どれくらい遅れているのですか」。

情境對話

A：この便は予定通りに出発しますか？

口no逼嗯哇　優貼ー兜ー哩你　嘘‧趴此　吸媽思咖

ko.no.bi.n.wa.　yo.te.i.do.o.ri.ni.　shu.ppa.tsu.
shi.ma.su.ka.

這班飛機準時出發嗎？

B：はい、予定通り6時に出発します。

哈衣　優貼ー兜ー哩　摟哭基你　嘘‧趴此　吸媽思
ha.i.　yo.te.i.do.o.ri.　ro.ku.ji.ni.　shu.ppa.tsu.
shi.ma.su.

是的，準時6點出發。

預ける<ruby>あず</ruby>バッグが１つ<ruby>ひと</ruby>あります

阿資開嚕　巴・古嘎　he愉此　阿哩媽思

a.zu.ke.ru　ba.ggu.ga.　hi.to.tsu　a.ri.ma.su.

有1個行李要托運

説明

　　「預ける」有託運、寄放的意思，所以除了搭機時可以用這個字表示託運行李外，在飯店也可以用這個單字寄放行李。若是要將行李帶上飛機則是説「これは機内に持ち込みます」。

情境對話

A：預けるバッグが１つあります。

阿資開嚕　巴・古嘎　he愉此　阿哩媽思

a.zu.ke.ru　ba.ggu.ga.　hi.to.tsu　a.ri.ma.su.

有1個行李要托運。

B：かしこまりました。

咖吸口媽哩媽吸他

ka.shi.ko.ma.ri.ma.shi.ta.

好的。

席_{せき}を変_かえていただけますか

誰key喔　咖せ貼　衣他搭開媽思咖

se.ki.o. ka.e.te. i.ta.da.ke.ma.su.ka.

我可以換位子嗎

説明

　　在飛機上想換位子時，可以向服務人員説「席_{せき}を変_かえていただけますか」。若是想和朋友一起坐，可以説「隣同士_{となりどうし}で座_{すわ}りたいのですが」。

情境對話

A：席_{せき}を変_かえていただけますか？

誰key喔　咖せ貼　衣他搭開媽思咖

se.ki.o. ka.e.te. i.ta.da.ke.ma.su.ka.

我可以換位子嗎？

B：すみません。今日_{きょう}は満席_{まんせき}ですから席_{せき}が空_あいていないのです。

思咪媽誰嗯　克優一哇　媽嗯誰key　爹思咖啦

誰key嘎　阿衣貼衣拿衣no　爹思

su.mi.ma.se.n. kyo.u.wa. ma.n.se.ki. de.su.

ka.ra. se.ki.ga. a.i.te.i.na.i.no. de.su.

不好意思，因為今天客滿，所以沒有空的位子。

Track 059

歩いて行けますか
あ　　　　い

阿嚕衣貼　衣開媽思咖

a.ru.i.te. i.ke.ma.su.ka.

用走的能到嗎

説明

「歩いて行けますか」詢問目的地是否能用歩行的方式到達。問歩行需要多久，則是説「歩いてどのくらいかかりますか」。問坐公車是否能到，則是説「バスで行けますか」。

情境對話

A：博物館まで歩いて行けますか？
　　　はくぶつかん　　　　ある　い

哈哭捕此咖嗯　媽爹　阿嚕衣貼　衣開媽思咖

ha.ku.bu.tsu.ka.n. ma.de. a.ru.i.te. i.ke.
ma.su.ka.

要去博物館的話，用走的走得到嗎？

B：はい、5分くらいです。
　　　　　ごふん

哈衣　狗夫嗯　哭啦衣　爹思

ha.i. go.fu.n. ku.ra.i. de.su.

可以，大約走5分鐘。

何分くらいかかりますか

拿嗯撲嗯　哭啦衣　咖咖哩媽思咖

na.n.pu.n. ku.ra.i. ka.ka.ri.ma.su.ka.

需要幾分鐘

説明

　　「～何分くらいかかりますか」是詢問「要花多少時間」；而「～まで何分くらいかかりますか」是詢問到某處，需要花多少時間。

情境對話

A：ホテルまで何分くらいかかりますか？

呱貼嚕　媽爹　拿嗯撲嗯　哭啦衣　咖咖哩媽思咖

ho.te.ru. ma.de. na.n.pu.n. ku.ra.i. ka.ka.ri.ma.su.ka.

到飯店需要幾分鐘？

B：20分くらいです。

你‧居撲嗯　哭啦衣　爹思

ni.ju.ppu.n. ku.ra.i. de.su.

大約需要20分鐘。

Track 060

<ruby>清水寺<rt>きよみずでら</rt></ruby>にとまりますか

key優咪資多啦你　偷媽哩媽思咖

ki.yo.mi.zu.de.ra.ni. to.ma.ri.ma.su.ka.

會到清水寺嗎

説明

「とまります」是停車的意思，「～にとまりますか」這句話是用在詢問公車或是火車會不會停靠在想去的目的地。若是問車子是否開往某處，則是説「～へ行きますか」。

情境對話

A：このバスは<ruby>清水寺<rt>きよみずでら</rt></ruby>にとまりますか？

口no巴思哇　key優咪資多啦你　偷媽哩媽思咖

ko.no.ba.su.wa. ki.yo.mi.zu.de.ra.ni.
to.ma.ri.ma.su.ka.

這台公車會停清水寺嗎？

B：はい。

哈衣

ha.i.

會的。

Track 061

始発列車は何時に出ますか

吸哈此勒‧瞎哇　拿嗯基你　爹媽思咖

shi.ha.tsu.re.ssha.wa. na.n.ji.ni.

de.ma.su.ka.

第一班車是幾點發車

説明

「始発列車」也可以説成「始発」，是第一班車的意思。而「最終列車」則是最後一班列車，也可以簡稱為「終電」。

情境對話

A：東京行きの始発列車は何時に出ますか？

偷一克優一瘀keyno　吸‧哈此勒‧瞎哇　拿嗯基你
爹媽思咖

to.u.kyo.u.yu.ki.no. shi.ha.tsu.re.ssha.wa.
na.n.ji.ni. de.ma.su.ka.

往東京的第一班車是幾點發車？

B：5時10分です。

狗基　居‧撲嗯　爹思
go.ji ju.ppu.n. de.su.
5點10分。

どのように行けばいいで

すか

兜no優一你　衣開巴　衣ー　爹思咖

do.no.yo.u.ni. i.ke.ba. i.i. de.su.ka.

該怎麼走呢

説明

「どのように」是詢問方法的時候使用。「どのよう
に行けばいいですか」則是問怎麼走比較好。如果是問走
的路對不對，則是説「道は合ってますか」。

情境對話

A：どのように行けばいいですか？

兜no優一你　衣開巴　衣ー　爹思咖

do.no.yo.u.ni. i.ke.ba. i.i. de.su.ka.

該怎麼走呢？

B：電車で行くのが一番便利です。

爹嗯瞎爹　衣哭no嘎　衣漆巴嗯　背嗯哩　爹思
de.n.sha.de. i.ku.no.ga. i.chi.ba.n. be.n.ri.
de.su.

坐火車去是最方便的。

この近くにスーパーはありますか

口no　漆咖哭你　思ー趴ー哇　阿哩媽思咖

ko.no. chi.ka.ku.ni. su.u.pa.a.wa.
a.ri.ma.su.ka.

這附近有超市嗎

説明

「この近くに～はありますか」用於詢問所在地附近的設施、目的地。

情境對話

A：この近くにスーパーはありますか？

口no　漆咖哭你　思ー趴ー哇　阿哩媽思咖
ko.no.chi.ka.ku.ni. su.u.pa.a.wa.
a.ri.ma.su.ka.

這附近有超市嗎？

B：はい、正面出口を出てから右にあります。

哈衣　休ー妹嗯爹古漆喔　爹貼咖啦　咪個衣你　阿哩媽思
ha.i. sho.u.me.n.de.gu.chi.o. de.te.ka.ra.
mi.gi.ni. a.ri.ma.su.

有的，從正門出去右邊就是了。

ここはどこですか

口口哇　兜口　爹思咖

ko.ko.wa. do.ko. de.su.ka.

請問這裡是哪裡

說明

　　「ここ」是「這裡」的意思；不曉得自己身在何處時，可以用「ここはどこですか」來詢問當時所在的位置及地名。

情境對話

A：ここはどこですか？

口口哇　兜口　爹思咖

ko.ko.wa. do.ko. de.su.ka.

請問這裡是哪裡？

B：ここは表参道通りです。

口口哇　歐謀貼撒嗯兜－兜－哩　爹思

ko.ko.wa. o.mo.te.sa.n.do.u.to.o.ri. de.su.

這裡是表參道。

地図に印を付けてもらえ
ますか

漆資你　吸嚕吸喔　此開貼　謀啦せ媽思咖

chi.zu.ni. shi.ru.shi.o. tsu.ke.te.

mo.ra.e.ma.su.ka.

可以幫我在地圖上做記號嗎

説明

　　請求別人做某件事時，會用「〜てもらえますか」的句型。請別人幫忙在地圖上面做標記時，就可以説「地図に印を付けてもらえますか」。

情境對話

A：この地図に印を付けてもらえますか？

口no 漆資你　吸嚕吸喔　此開貼　謀啦せ媽思咖

ko.no. chi.zu.ni. shi.ru.shi.o. tsu.ke.te.

mo.ra.e.ma.su.ka.

可以幫我在這張地圖上做記號嗎？

B：はい。ボールペンありますか？

哈衣　玻ー嚕呸嗯　阿哩媽思咖

ha.i. bo.o.ru.pe.n. a.ri.ma.su.ka.

好的，請問你有原子筆嗎？

最寄り駅は何駅ですか

謀優哩せkey哇　拿你せkey　爹思咖

mo.yo.ri.e.ki.wa.　na.ni.e.ki.　de.su.ka.

最近的車站是哪一站

説明

「最寄り駅」是「最近的車站」的意思，詢問最近的車站是哪一站，就可以用「最寄り駅は何駅ですか」詢問。

情境對話

A：東京ドームの最寄り駅は何駅ですか？

偷ー克優ー兜ー母no　謀優哩せkey哇　拿你せkey
爹思咖

to.u.kyo.u.do.o.mu.no.　mo.yo.ri.e.ki.wa.na.
ni.e.ki.　de.su.ka.

離東京巨蛋最近的車站是哪一站？

B：水道橋駅です。

思衣兜ー巴吸せkey　爹思

su.i.do.u.ba.shi.e.ki.　de.su.

是水道橋站。

Track 063

往復きっぷください
おうふく

歐一夫哭　key・撲　哭搭撒衣

o.u.fu.ku. ki.ppu. ku.da.sa.i.

我要買來回票

説 明

「きっぷ」是車票的意思，「往復」為來回，「片道」則是單程。售票處則為「きっぷ売り場」。

情 境 對 話

A：往復きっぷください。
おうふく

歐一夫哭　key・撲　哭搭撒衣

o.u.fu.ku. ki.ppu. ku.da.sa.i.

我要買來回票。

B：はい、４２００円です。
よんせんにひゃくえん

哈衣　優嗯誰嗯　你合呀哭せ嗯　爹思

ha.i. yo.n.se.n. ni.hya.ku.e.n. de.su.

好的，一共是4200日圓。

菜日文會話
詢問篇

Track 064

ありますか

阿哩媽思咖

a.ri.ma.su.ka.

有嗎

　　「あります」是「有」的意思，「ありますか」是用來詢問有沒有時常用的句子。

情 境 對 話

A：これありますか？

口勒　阿哩媽思咖

ko.re. a.ri.ma.su.ka.

有這個嗎？

B：倉庫にあるかもしれないので、見てきます。

搜口ー你　阿嚕咖謀　吸勒拿衣　no爹　咪貼 key媽思

so.u.ko.ni. a.ru.ka.mo. shi.re.na.i. no.de mi.te.ki.ma.su.

倉庫裡說不定會有，我去看看。

A：お願いします。

歐內嘎衣吸媽思

o.ne.ga.i.shi.ma.su.

麻煩你。

Track 064

ここに座ってもいいですか

口口你　思哇・貼謀　衣ー爹思咖

ko.ko.ni. su.wa.tte.mo. i.i.de.su.ka.

我可以坐在這裡嗎

説明

　　請求對方的同意時，可以使用「…てもいいですか」
的句型。

情境對話

A：ここに座ってもいいですか？

口口你　思哇・貼謀　衣ー爹思咖

ko.ko.ni. su.wa.tte.mo. i.i.de.su.ka.

我可以坐在這裡嗎？

B：はい、どうぞ。

哈衣　兜ー走

ha.i. do.u.zo.

可以的，請。

Track 065

入ってもいいですか
_{はい}

哈衣・貼謀　衣一爹思咖

ha.i.tte.mo. i.i.de.su.ka.

可以進去嗎

説 明

「～てもいいですか」「～てもらえますか」是請求對方的許可。在觀光地如果想要進到裡面參觀，可以問服務人員「入ってもいいですか」。

情 境 對 話

A：中に入ってもいいですか？

拿咖你　哈衣・貼謀　衣一　爹思咖

na.ka.ni. ha.i.tte.mo. i.i. de.su.ka.

可以進去裡面嗎？

B：はい、大丈夫です。どうぞ。

哈衣　搭衣糾一捕　爹思　兜一走

ha.i. da.i.jo.u.bu. de.su. do.u.zo.

可以的，請進。

これは<ruby>何<rt>なん</rt></ruby>ですか

口勒哇　拿嗯爹思咖

ko.re.wa. na.n.de.su.ka.

這是什麼

説 明

　　要向人請問眼前的東西是什麼時，就可以説「これは何ですか」如果是比較遠的東西可以説「あれは何ですか」。「～は何ですか」意同於「～是什麼？」，所以前面可以加上想問的東西或事情。

情 境 對 話

A：これは<ruby>何<rt>なん</rt></ruby>ですか？

口勒哇　拿嗯爹思咖
ko.re.wa. na.n.de.su.ka.

這是什麼？

B：チェリーパイです。

切哩一趴衣爹思
che.ri.i.pa.i.de.su.

這是櫻桃派。

A：じゃ。1<ruby>つ<rt>ひと</rt></ruby>ください。

加　he偷此　哭搭撒衣
ja.hi.to.tsu. ku.da.sa.i.

這樣啊。請給我1份。

Track 066

どこですか

兜口爹思咖

do.ko.de.su.ka.

在哪裡呢

「～はどこですか」是「～在哪裡？」之意。

情 境 對 話

A：すみません、博多駅はどこですか？

思咪媽誰嗯　哈咖他せkey哇　兜口爹思咖

su.mi.ma.se.n. ha.ka.ta.e.ki.wa. do.ko.
de.su.ka.

不好意思，請問博多車站在哪裡呢？

B：博多駅ですか？

哈咖他せkey　爹思咖

ha.ka.ta.e.ki. de.su.ka.

博多車站嗎？

A：はい。

哈衣

ha.i.

是的。

Track 066

ちょっといいですか

秋・偷　衣ー爹思咖

cho.tto. i.i.de.su.ka.

你有空嗎

説明

　　有事要找人商量，或是有求於人，但又怕對方正在忙，會用「ちょっといいですか」先確定對方有沒有空傾聽。

情境對話

A：ちょっといいですか？

秋・偷　衣ー爹思咖

cho.tto.i.i.de.su.ka.

在忙嗎？

B：何<ruby>でしょうか？<rt>なん</rt></ruby>

拿嗯爹休ー咖

na.n.de.sho.u.ka.

怎麼了嗎？

A：実は相談したいことがあるんですが。

基此哇　搜ー搭嗯吸他衣　口偷嘎　阿嚕嗯爹思嘎

ji.tsu.wa. so.u.da.n.shi.ta.i. ko.to.ga.a.ru. n.de.su.ga.

我有點事想和你談談。

どうしましたか

兜ー吸媽吸他咖

do.u.shi.ma.shi.ta.ka.

怎麼了嗎

説 明

　看到需要幫助的人，或是覺得對方有異狀，想要主動關心時，就用「どうしましたか」。

情 境 對 話

A：誰か助けて！

搭勒咖　他思開貼

da.re.ka.　ta.su.ke.te.

救命啊！

B：どうしましたか？

兜ー吸媽吸他咖

do.u.shi.ma.shi.ta.ka.

發生什麼事了？

いくらですか

衣哭啦　爹思咖

i.ku.ra. de.su.ka.

多少錢

説 明

　　購物或聊天時，想要詢問物品的價格，用這個字，可以讓對方了解自己想問的是多少錢。此外也可以用在詢問物品的數量有多少。

情 境 對 話

A：これ、いくらですか？

口勒　衣哭啦　爹思咖

ko.re. i.ku.ra. de.su.ka.

這個要多少錢？

B：1300円です。

せんさんびゃくえん

誰嗯撒嗯逼呀哭せ嗯　爹思

se.n.sa.n.bya.ku.e.n. de.su.

1300日圓。

A：じゃ、これください。

加　口勒　哭搭撒衣

ja. ko.re. ku.da.sa.i.

那麼，請給我這個。

Track 068

お勧めは何ですか

歐思思妹哇　拿嗯爹思咖

o.su.su.me.wa. na.n.de.su.ka.

你推薦什麼

説 明

在餐廳或是店面選購物品時，可以用這句話來詢問店員有沒有推薦的商品。

情 境 對 話

A：お勧めは何ですか？

歐思思妹哇　拿嗯爹思咖

o.su.su.me.wa. na.n.de.su.ka.

你推薦什麼呢？

B：カレーライスは人気メニューです。

咖勒ー啦衣思哇　你嗯key妹女ー　爹思

ka.re.e.ra.i.su.wa. ni.n.ki.me.nyu.u. de.su.

咖哩飯很受歡迎。

Track 068

何時ですか
なんじ

拿嗯基　爹思咖

na.n.ji. de.su.ka.

幾點呢

説明

　　詢問時間、日期的時候，可以用「いつ」。而只想要詢問時間是幾點的時候，也可以使用「何時」，來詢問確切的時間。

情境對話

A：来週の会議は何曜日ですか？
らいしゅう　かいぎ　なんようび

啦衣嘘－no　咖衣個衣哇　拿嗯優－逼　爹思咖

ra.i.shu.u.no ka.gi.wa. na.n.yo.u.bi.
de.su.ka.

下週的會議是星期幾？

B：金曜日です。
きんようび

key嗯優－逼　爹思

ki.n.yo.u.bi. de.su.

星期五。

A：何時ですか？
なんじ

拿嗯基　爹思咖

na.n.ji. de.su.ka.

幾點開始呢？

Track 069

いつですか

衣此　爹思咖

i.tsu. de.su.ka.

什麼時候

説 明

　　想要向對方確認時間、日期的時候，用這個字就可以順利溝通了。

情 境 對 話

A：誕生日はいつですか？

他嗯糾一逼哇　衣此　爹思咖

ta.n.jo.u.bi.wa. i.tsu. de.su.ka.

生日是什麼時候？

B：10月10日です。

居一嘎此偷一咖　爹思

ju.u.ga.tsu.to.o.ka. de.su.

10月10日。

Track 069

本当ですか
ほんとう

吼嗯偷ー　爹思咖

ho.n.to.u. de.su.ka.

真的嗎

說明

聽完對方的說法之後，要確認對方所說的是不是真的，或者是覺得對方所說的話不大可信時，可以用這句話來表示心中的疑問。另外也可以用來表示事情真的如自己所描述。

情境對話

A：誰もいません。
だれ

搭勒謀　衣媽誰嗯

da.re.mo. i.ma.se.n.

沒有人在。

B：本当ですか？変ですね。
ほんとう　　　　　へん

吼嗯偷ー　爹思咖　嘿嗯　爹思內

ho.n.to.u. de.su.ka. he.n. de.su.ne.

真的嗎？那真是奇怪。

Track 070

なに
何

拿你

na.ni.

什麼

説 明

可以用這句話來問對方有什麼事。另外可以用在詢問所看到的人、事、物是什麼。

情 境 對 話

A：何が食べたいですか？

拿你嘎　他背他衣　爹思咖

na.ni.ga. ta.be.ta.i. de.su.ka.

你想吃什麼？

B：カレーが食べたいです。

咖勒嘎　他背他衣　爹思

ka.re.e.ga. ta.be.ta.i. de.su.

我想吃咖哩。

どんな

兜嗯拿

do.n.na.

什麼樣的

説明

這個字有「怎麼樣的」、「什麼樣的」之意，比如在詢問這是什麼樣的商品、這是怎麼樣的漫畫時，都可以使用。

情境對話

A：どんな部屋をご希望ですか？

兜嗯拿　嘿呀喔　狗key玻ー　爹思咖

do.n.na. he.ya.o. go.ki.bo.u. de.su.ka.

你想要什麼樣的房間呢？

B：シングルルームお願いします。

吸嗯古嚕嚕ー母　歐內嘎衣　吸媽思

shi.n.gu.ru.ru.u.mu. o.ne.ga.i. shi.ma.su.

我要單人房。

Track 071

どういうこと

兜一衣烏口偷

do.u.i.u.ko.to.

怎麼回事

説　明

　　當對方敘述了一件事，讓人搞不清楚是什麼意思，或者是想要知道詳情如何的時候，可以用「どういうこと」來表示疑惑，對方聽了之後就會再詳加解釋。

情 境 對 話

A：画面にタッチしても反応しません。これはどういうことですか？

嘎妹嗯你　他・漆吸貼謀　哈嗯no一吸媽誰嗯　口勒哇兜一衣烏口偷　爹思咖

ga.me.n.ni. ta.cchi.shi.te.mo. ha.no.u.shi.ma.se.n. ko.re.wa.do.u.i.u.ko.to. de.su.ka.

觸碰畫面也沒反應，這是怎麼回事？

B：電源は入っていますか？

爹嗯給嗯哇　哈衣・貼衣媽思咖

de.n.ge.n.wa. ha.i.tte.i.ma.su.ka.

電源有開嗎？

Track 071

どうすればいいですか

兜ー思勒巴　衣ー爹思咖

do.u.su.re.ba. i.i.de.su.ka.

該怎麼做才好呢

説明

當心中抓不定主意，可以用這句話來向別人求救。希望別人提供建議、做法的時候，也能使用這句話。

情境對話

A：住所を変更したいんですが、どうすればいいですか？

居ー休喔　嘿嗯口ー　吸他衣嗯　爹思咖　兜ー思勒巴
衣ー爹思咖

ju.u.sho.o. he.n.ko.u. shi.ta.i.n. de.su.ga.
do.u.su.re.ba. i.i.de.su.ka.

我想要變更地址，請問該怎麼做呢？

B：ここに住所、氏名を書いて、下にサインしてください。

口口你　居ー休　吸妹ー喔　咖衣貼　吸他你　撒衣嗯吸
貼　哭搭撒衣

ko.ko.ni ju.u.sho. shi.me.i.o. ka.i.te. shi.
ta.ni sa.i.n.shi.te. ku.da.sa.i.

請在這裡寫下你的地址和姓名，然後再簽名。

Track 072

何と言いますか
なん　　い

拿嗯偷　衣ー媽思咖

na.n.to. i.i.ma.su.ka.

怎麼説呢

説 明

　　不知道某個單字或句子該怎麼説的時候，就可以用這句話來詢問。想要詢問日文説法時，就可以説「日本語で何と言いますか」。
にほんご
なん　い

情 境 對 話

A：パープルは日本語で何と言いますか？
にほんご　　なん　い

趴ー撲嚕哇　你吼嗯狗爹　拿嗯偷　衣ー媽思咖

pa.a.pu.ru.wa. ni.ho.n.go.de. na.n.to. i.i.ma. su.ka.

purple的日文怎麼説？

B：むらさきです。

母啦撒key爹思

mu.ra.sa.ki.de.su.

是紫色。

誰ですか
だれ

搭勒爹思咖

da.re.de.su.ka.

是誰

説明

要問談話中所指的人是誰，或是問誰做了這件事等，都可以使用這個字來發問。

情境對話

A：あの人は誰ですか？
ひと　だれ

阿nohe偷哇　搭勒爹思咖

a.no.hi.to.wa.　da.re.de.su.ka.

那個人是誰？

B：佐藤先輩です。
さとうせんぱい

撒偷－誰嗯趴衣　爹思

sa.to.u.se.n.pa.i.　de.su.

佐藤學長。

Track 073

いかがですか

衣咖嘎　爹思咖

i.ka.ga. de.su.ka.

如何呢

説 明

　　詢問對方是否需要此項東西，或是覺得自己的提議如何時，可以用這個字表達。是屬於比較禮貌的用法，在飛機上常聽到空姐說的「コーヒーいかがですか」，就是這句話的活用。

情 境 對 話

A：コーヒーをもう一杯いかがですか？

ロ-he-喔　謀一　衣・趴衣　衣咖嘎　爹思咖

ko.o.hi.i.o. mo.u. i.ppa.i. i.ka.ga. de.su.ka.

再來一杯咖啡如何？

B：結構です。

開・ロ-　爹思

ke.kko.u. de.su.

不用了。

どう思いますか

兜一　喔謀衣媽思咖

do.u. o.mo.i.ma.su.ka.

覺得如何

說明

　　而想詢問對方對於某件事物的看法時，則是用「どう思います」來問對方覺得如何。

情境對話

A：どう思いますか？

兜一　歐謀衣媽思咖

do.u. o.mo.i.ma.su.ka.

你覺得如何？

B：すばらしいです。

思巴啦啦吸一　爹思

su.ba.ra.shi.i. de.su.

很棒。

Track 074

キャンセルはできますか

克呀嗯誰嚕哇　爹key媽思咖

kya.n.se.ru.wa. de.ki.ma.su.ka.

可以取消嗎

説明

「キャンセル」是取消的意思。訂房後，如果想要取消的話，則用「キャンセルはできますか」表達。

情境對話

A：キャンセルはできますか？

克呀嗯誰嚕哇　爹key媽思咖

kya.n.se.ru.wa. de.ki.ma.su.ka.

可以取消嗎？

B：はい、2週間以上前にキャンセルすればキャンセル料はかかりません。

哈衣　你嘘－咖嗯　衣糾－　媽せ你　克呀嗯誰嚕　思勒巴　克呀嗯誰嚕溜－哇　咖咖哩媽誰嗯

ha.i. ni.shu.u.ka.n i.jo.u. ma.e.ni. kya.n.se.ru.su.re.ba. kya.n.se.ru.ryo.u.wa. ka.ka.ri.ma.se.n.

可以的。如果是入住2週以前的話，則不需付取消的手續費。

Track 074

どれくらい時間<ruby>時間<rt>じかん</rt></ruby>がかかりますか

兜勒哭啦衣　基咖嗯嘎　咖咖哩媽思咖

do.re.ku.ra.i. ji.ka.n.ga. ka.ka.ri.ma.su.ka.

要花多久時間

説明

「くらい」是「大約」的意思。「どれくらい時間<ruby>時間<rt>じかん</rt></ruby>がかかりますか」則是問需要多少時間。

情境對話

A：このミュージカルを見<ruby>見<rt>み</rt></ruby>るのにどれくらい時間<ruby>時間<rt>じかん</rt></ruby>かかりますか？

口no 咪瘀－基咖嚕喔　咪嚕no你　兜勒哭啦衣基咖嗯咖咖哩媽思咖

ko.no. myu.u.ji.ka.ru.o.mi.ru.no.ni.
do.re.ku.ra.i.ji.ka.n. ka.ka.ri.ma.su.ka.

這部音樂劇的時間大約多長？

B：3時間<ruby>時間<rt>じかん</rt></ruby>くらいです。

撒嗯基咖嗯　哭啦衣　爹思

sa.n.ji.ka.n. ku.ra.i. de.su.

大約需要3小時。

頂いてもよろしいですか

いただ

衣他搭衣貼謀　優摟吸－　爹思咖

i.ta.da.i.te.mo.　yo.ro.shi.i.　de.su.ka.

可以給我嗎／可以拿嗎

説　明

請問對方自己是否能夠拿某樣東西。也可以説「もらってもいいですか」或是「これをいただけますか」。

情 境 對 話

A：このパンフレット、頂いてもよろしいですか？

いただ

口no　趴嗯夫勒‧偷　衣他搭衣貼謀　優摟吸－　爹思咖

ko.no.　pa.n.fu.re.tto.　i.ta.da.i.te.mo.　yo.ro.shi.i.　de.su.ka.

這場刊可以拿嗎？

B：はい、どうぞ。

哈衣　兜－走

ha.i.　do.u.zo.

好的，請。

菜日文會話
購物篇

Track 075

あれを見せてください

阿勒喔　咪誰貼　哭搭撒衣

a.re.o. mi.se.te. ku.da.sa.i.

請給我看那個

「見せてください」是要求「給我看」的意思。

A：あれを見せてください。

阿勒喔　咪誰貼　哭搭撒衣

a.re.o. mi.se.te. ku.da.sa.i.

（指著商品）請給我看那個。

B：はい、どうぞ。

哈衣　兜一走

ha.i. do.u.zo.

好的，請。

Track 075

これください

口勒　哭搭撒衣

ko.re. ku.da.sa.i.

請給我這個

説明

「ください」用於請求的時候，前面加上名詞，就是請對方給某樣東西。

情境對話

A：これください。

口勒　哭搭撒衣

ko.re. ku.da.sa.i.

請給我這個。

B：かしこまりました。

咖吸口媽哩媽吸他

ka.shi.ko.ma.ri.ma.shi.ta.

好的。

Track 076

安^{やす}くしてもらえませんか

呀思哭吸貼　謀啦せ媽誰嗯咖

ya.su.ku.shi.te. mo.ra.e.ma.se.n.ka.

可以算便宜一點嗎

說 明

「安^{やす}い」是便宜,「高^{たか}い」則是貴。

情 境 對 話

A：安^{やす}くしてもらえませんか？

呀思哭吸貼　謀啦せ媽誰嗯咖

ya.su.ku.shi.te. mo.ra.e.ma.se.n.ka.

可以算便宜一點嗎？

B：いや、あの…それはちょっと…。

衣呀　阿no　搜勒哇　秋・偷

i.ya. a.no. so.re.wa. cho.tto.

呃，這個…有一點困難。

カードで支払いたいので すが

咖－兜爹　吸哈啦衣他衣no　爹思咖

ka.e.do.de. shi.ha.ra.i.ta.i.no. de.su.ga.

可以刷卡嗎

説明

　　「カード」是信用卡的意思，「～で支払いたい」則是表示想要用的付款方式。

情境對話

A：カードで支払いたいのですが。

咖－兜爹　吸哈啦衣他衣no　爹思咖

ka.e.do.de. shi.ha.ra.i.ta.i.no. de.su.ga.

可以刷卡嗎？

B：はい、かしこまりました。

哈衣　咖吸口媽哩媽吸他

ha.i. ka.shi.ko.ma.ri.ma.shi.ta.

好的，沒問題。

Track 077

領収書ください
りょうしゅうしょ

溜ー噓ー休　哭搭撒衣

ryo.u.shu.u.sho. ku.da.sa.i.

請給我收據

説明

「～ください」是請對方給東西。「領収書」則是收據的意思。
りょうしゅうしょ

情境對話

A：領収書ください。
りょうしゅうしょ

溜ー噓ー休　哭搭撒衣

ryo.u.shu.u.sho. ku.da.sa.i.

請給我收據。

B：かしこまりました。少々お待ちください。
しょうしょう　　ま

咖吸口媽哩媽吸他　休ー休ー　歐媽漆　哭搭撒衣

ka.shi.ko.ma.ri.ma.shi.ta. sho.u.sho.u. o.ma.chi. ku.da.sa.i.

好的，請稍候。

Track 077

カバンがほしいんですけ
ど

咖巴嗯嘎　吼吸一嗯　爹思開兜

ka.ba.n.ga. ho.shi.i.n. de.su.ke.do.

我想要買包包

説明

　　表示想要買的東西時，用「～がほしい」的句型。也可以説「～を探しています」。

情境對話

A：いらっしゃいませ。

衣啦・瞎衣媽誰

i.ra.ssha.i.ma.se.

歡迎光臨。

B：通勤で使うカバンが欲しいんですけど、おすすめはありますか？

此一key嗯爹　此咖烏　咖巴嗯嘎　吼吸一嗯　爹思開兜
歐思思妹哇　阿哩媽思咖

tsu.ki.n.de. tsu.ka.u. ka.ba.n.ga. ho.shi.i.n de.su.ke.do. o.su.su.me.wa. a.ri.ma.su.ka.

我想找上班用的包包，有推薦的商品嗎？

プレゼントです

撲勒賊嗯偷　爹思

pu.re.ze.n.to. de.su.

是要送人的／是禮物

説 明

　　購物時，想請店包將商品加以包裝，好拿來送人時，可以在結帳的時候，跟店員説「プレゼントです」，表示這是要送人的禮物。

情 境 對 話

A：プレゼントです。贈り物用に包んでもらえますか？

撲勒賊嗯偷　爹思　歐哭哩謀no你　此此嗯爹　謀啦せ媽思咖

pu.re.ze.n.to.de.su.　o.ku.ri.mo.no.yo.u.ni.tsu.tsu.n.de.　mo.ra.e.ma.su.ka.

這是要送人的，可以幫我包裝嗎？

B：かしこまりました。

咖吸口媽哩媽吸他

ka.shi.ko.ma.ri.ma.shi.ta.

了解。

ご自宅用ですか

狗基他哭優－　爹思咖

go.ji.ta.ku.yo.u de.su.ka.

是自己用嗎

説明

　　購物時，店員會用「ご自宅用ですか」詢問購買的商品是自家用還是送人的，如果是自己用的話，就是「自宅用です」。

情境對話

A：こちらの商品はご自宅用ですか？

口漆啦no　休－he嗯哇　狗基他哭優－　爹思咖

ko.chi.ra.no. sho.u.hi.n.wa. go.ji.ta.ku.yo.u.
de.su.ka.

這個商品是您要自用的嗎？

B：いいえ、プレゼントです。

衣－せ　撲勒賊嗯偷　爹思

i.i.e. pu.re.ze.n.to. de.su.

不，是要送人的。

A：かしこまりました。

咖吸口媽哩媽吸他

ka.shi.ko.ma.ri.ma.shi.ta.

了解。

別々に包んでもらえますか

背此背此你　此此嗯爹　謀啦せ媽思咖

be.tsu.be.tsu.ni. tsu.tsu.n.de. mo.ra.e.ma.
su.ka.

可以分開裝嗎

説明

「別々に」是「分別」「個別」的意思，「別々に包んでもらえますか」是請對方將商品分開包裝。

情境對話

A：別々に包んでもらえますか？

背此背此你　此此嗯爹　謀啦せ媽思咖
be.tsu.be.tsu.ni. tsu.tsu.n.de. mo.ra.e.ma.
su.ka.

可以幫我分開包嗎？

- -

B：かしこまりました。少々お待ちください。

咖吸口媽哩媽吸他　休ー休ー　歐媽漆　哭搭撒衣
ka.shi.ko.ma.ri.ma.shi.ta. sho.sho.u.
o.ma.chi. ku.da.sa.i.

好的，請稍等。

ちょっと見ているだけです

秋・偷 咪貼 衣嚕 搭開 爹思

cho.tto. mi.te. i.ru. da.ke de.su.

只是看看

説明

　　逛街時，遇店員詢問需求，如果沒有特別想買什麼，只是隨便逛逛看看，就可以說「ちょっと見ているだけです」。

情境對話

A：いらっしゃいませ。何かお探しですか？

衣啦・瞎衣媽誰　拿你咖　歐撒咖吸　爹思咖

i.ra.ssha.i.ma.se. na.ni.ka. o.sa.ga.shi.
de.su.ka.

歡迎光臨，在找什麼樣的商品嗎？

B：いや、ちょっと見ているだけです。

衣呀　秋・偷　咪貼　衣嚕　搭開　爹思

i.ya. cho.tto.mi.te. i.ru. da.ke.de.su.

不，我只是看看。

Track 080

ほかにありませんか
吼咖你　阿哩媽誰嗯咖
ho.ka.ni. a.ri.ma.se.n.ka.

還有其他的嗎

説明

購物時，如果不滿意看到的商品，想問店員還有沒有其他商品，即可以用「ほかにありませんか」表示詢問。

情境對話

A：これはちょっと大きいですね。ほかにありませんか？
口勒哇　秋・偷　歐－key－　爹思　吼咖你　阿哩媽誰嗯咖
ko.re.wa. cho.tto. o.o.ki.i.de.su.ne. ho.ka.ni. a.ri.ma.se.n.ka.
這個有點太大了。還有別的嗎？

B：こちらの商品はいかがですか？
口漆啦no　休－he嗯哇　衣咖嘎爹思咖
ko.chi.ra.no. sho.u.hi.n.wa. i.ka.ga.de.su.ka.
這邊的商品您覺得怎麼樣？

Track 080

どれが一番いいですか

兜勒嘎　衣漆巴嗯　衣一　爹思咖

do.re.ga. i.chi.ba.n. i.i de.su.ka.

哪個最好

説明

　　「どれ」是「哪個」的意思。「一番」是「最」「第一」的意思。

情境對話

A：どれが一番いいですか？

兜勒嘎　衣漆巴嗯　衣一　爹思咖

do.re.ga. i.chi.ba.n. i.i de.su.ka.

哪個是最好的？

B：そうですね。こちらの商品は人気があります。

搜一　爹思內　口漆啦no　休一he嗯哇　你嗯key嘎
阿哩媽思

so.u.de.su.ne. ko.chi.ra.no. sho.u.hi.n.wa.
ni.n.ki.ga. a.ri.ma.su.

這個嘛，這邊的商品都很受歡迎。

これを台湾に送ってくれますか

口勒喔　他衣哇嗯你　歐哭・貼　哭勒媽思咖

ko.re.o.　ta.i.wa.n.ni.　o.ku.tte.　ku.re.ma.su.ka.

這可以送到台灣嗎

説 明

「送ってくれますか」是請對方運送或郵寄的意思，在「に」的前面加上地名，就表示想要對方送達的地方。

情 境 對 話

A：これを台湾に送ってくれますか？

口勒喔　他衣哇嗯你　歐哭・貼　哭勒媽思咖

ko.re.o.　ta.i.wa.n.ni.　o.ku.tte.　ku.re.ma.su.ka.

這個可以送到台灣嗎？

B：はい、承ります。

哈衣　烏開他媽哇哩媽媽思

ha.i.　u.ke.ta.ma.wa.ri.ma.su.

可以，我們可以辦理。

Track 081

取り寄せてもらえますか

偷哩優誰貼　謀啦せ媽思咖

to.ri.yo.se.te. mo.ra.e.ma.su.ka.

可以幫我調貨嗎

説明

「取り寄せ」是調貨的意思。「～てもらえますか」是表示要求、請求。

情境對話

A：白いのを取り寄せてもらえますか？

吸攏衣no喔　偷哩優誰貼　謀啦せ媽思咖

shi.ro.i.no.o. to.ri.yo.se.te. mo.ra.e.ma.su.ka.

可以幫我調白色嗎？

B：かしこまりました。ただいま在庫をお調べします。

咖吸口媽哩媽吸他　他搭衣媽　紮衣口喔　歐吸啦背吸媽思

ka.shi.ko.ma.ri.ma.shi.ta. ta.da.i.ma. za.i.ko.o. o.shi.ra.be. shi.ma.su.

好的，現在為您調查庫存。

試着してもいいですか
しちゃく

吸掐哭　吸貼謀　衣一　爹思咖

shi.cha.ku.　shi.te.mo.i.i.　de.su.ka.

可以試穿嗎

説　明

　　「試着」是試穿的意思，「試食」則是試吃；「～て
しちゃく　　　　　　　　　　　　　　　ししょく
もいいですか」用於詢問可不可以做某件事。

情 境 對 話

A：すみません。これを試着してもいいです
しちゃく
か？

思咪媽誰嗯　口勒喔　吸掐哭　吸貼謀　衣一　爹思咖

su.mi.ma.se.n.　ko.re.o.　shi.cha.ku.
shi.te.mo.i.i.de.su.ka.

請問，這個可以試穿嗎？

B：はい。こちらへどうぞ。

哈衣　口漆啦せ　兜一走

ha.i.　ko.chi.ra.e.　do.u.zo.

可以，這邊請。

Track 082

交換してもらえますか
こうかん

ローカ嗯　吸貼　謀啦せ媽思咖

ko.u.ka.n. shi.te. mo.ra.e.ma.su.ka.

可以換嗎

「交換」是換貨，「返品」則是退貨。
こうかん　　　　　　　　　へんぴん

情境對話

A：すみません。間違って購入してしまっ
　　　　　　　　　まちが　　こうにゅう
たので、交換してもらえますか？
　　　　こうかん

思咪媽誰嗯　媽漆嘎·貼　ロー女一　吸貼　吸媽·他no
爹　ローカ嗯　吸貼　謀啦せ媽思咖

su.mi.ma.se.n. ma.chi.ga.tte. ko.u.nyu.u.shi.
te.shi.ma.tta.no.de. ko.u.ka.n.shi.te. mo.ra.
e.ma.su.ka.

不好意思，我買錯了，可以換嗎？

B：かしこまりました。レシートお持ちでし
　　　　　　　　　　　　　　　　　　　　も
ょうか？

咖吸口媽哩媽吸他　勒吸一偷　歐謀漆　爹休一咖

ka.shi.ko.ma.ri.ma.shi.ta. re.shi.i.to. o.mo.
chi.de.sho.u.ka.

好的。請問有收據嗎？

それはどこで買えますか

搜勒哇　兜口爹　咖せ媽思咖

so.re.wa. do.ko.de. ka.e.ma.su.ka.

那在哪裡買得到

説明

　　對別人的東西很感興趣，想問對方是在哪裡買的，就用「それはどこで買えますか」表示詢問。「どこで買えますか」是表示「哪裡買得到」。

情境對話

A：それはどこで買えますか？

搜勒哇　兜口爹　咖せ媽思咖

so.re.wa. do.ko.de. ka.e.ma.su.ka.

那在哪裡買得到？

B：駅前のスーパーに売っています。

せkey媽せno　思ー趴ー你　烏・貼　衣媽思

e.ki.ma.e.no. su.su.pa.a.ni. u.tte. i.ma.su.

車站前的超市有賣。

丈を直していただけます
か

他開喔　拿喔吸貼　衣他搭開媽思咖

ta.ke.o. na.o.shi.te. i.ta.da.ke.ma.su.ka.

可以改長度嗎

説明

「丈直し」是修改長度的意思。「～ていただけます
か」是請對方做某件事時所使用的句型。

情境對話

A：丈を直していただけますか？

他開喔　拿喔吸貼　衣他搭開媽思咖

ta.ke.o. na.o.shi.te. i.ta.da.ke.ma.su.ka.

可以改長度嗎？

B：かしこまりました。このくらいでいかが
でしょうか？

咖吸口媽哩媽吸他　口no哭啦衣爹　衣咖嘎　爹休一咖

ka.shi.ko.ma.ri.ma.shi.ta. ko.no.ku.ra.i.de.
i.ka.ga. de.sho.u.ka.

好的，這個長度怎麼樣？

計算が間違っていませんか

けいさん　まちが

開一撒嗯嘎　媽漆嘎・貼　衣媽誰嗯咖

ke.i.sa.n.ga. ma.chi.ga.tte. i.ma.se.n.ka.

你好像算錯錢了

説明

結帳時覺得金額有問題時，用「計算が間違っていま
せんか」表示金額有誤。

情境對話

A：計算が間違っていませんか?
けいさん　まちが

開一撒嗯嘎　媽漆嘎・貼　衣媽誰嗯咖

ke.i.sa.n.ga. ma.chi.ga.tte. i.ma.se.n.ka.

好像算錯了。／沒算錯嗎？

B：レジの金額を打ち間違えてしまいまし
きんがく　う　まちが
た。申し訳ございません。
もう　わけ

勒基no　key嗯嘎哭喔　烏漆媽漆嘎せ貼　吸媽衣媽誰吸他
　謀一吸哇開　狗紮衣媽誰嗯

re.ji.no. ki.n.ga.kku.o. u.chi.ma.chi.ga.e.te.
shi.ma.i.ma.shi.ta. mo.u.shi.wa.ke.go.za.
i.ma.se.n.

收銀機的金額打錯了，很抱歉。

免税の手続きを教えてください

妹嗯賊一no　貼此資key喔　歐吸せ貼　哭搭撒衣

me.n.ze.i.no.　te.tsu.zu.ki.o.　o.shi.e.te.
ku.da.sa.i.

請告訴我如何辦理退稅

説 明

退税手續叫做「免税の手続き」，請對方教自己做某件事時，則用「～を教えてください」的句型。

情 境 對 話

A：免税の手続きを教えてください。

妹嗯賊一no　貼此資key喔　歐吸せ貼　哭搭撒衣

me.n.ze.i.no.　te.tsu.zu.ki.o.　o.shi.e.te.
ku.da.sa.i.

請告訴我如何辦理退稅。

B：はい、レシートをお持ちでしょうか？

哈衣　勒吸一偷喔　歐謀漆　爹休一咖

ha.i.　re.shi.i.to.o.　o.mo.chi.de.sho.u.ka.

好的，請問有收據嗎？

台湾ドルを日本円に両替してください

他衣哇嗯兜魯喔　你吼嗯せ嗯你　溜ー嘎せ
吸貼　哭搭撒衣

ta.i.wa.n.do.ru.o. ni.ho.n.e.n.ni. ryo.u.ga.e
shi.te.ku.da.sa.i.

請幫我把台幣換成日圓

説 明

　　換外幣時，是用「AをBに両替してください」的句型。其中A是持有的貨幣，B則是想要換成的貨幣。

情 境 對 話

A：台湾ドルを日本円に両替してください。

他衣哇嗯兜嚕喔　你吼嗯せ嗯你　溜ー嘎せ　吸貼　哭搭撒衣

ta.i.wa.n.do.ru.o. ni.ho.n.e.n.ni. ryo.u.ga.
e.shi.te.ku.da.sa.i.

請幫我把台幣換成日圓。

B：どのように換えますか？

兜no優ー你　咖せ媽思咖

do.no.yo.u.ni. ka.e.ma.su.ka.

（鈔票面額等）要怎麼換呢？

菜日文會話
飲食篇

Track 085

いただきます

衣他搭key媽思

i.ta.da.ki.ma.su.

開動了

説 明

　　日本人用餐前，會説「いただきます」，這樣做表現了對食物的感激和對料理人的感謝。

情 境 對 話

A：いい匂いがする！いただきます。

衣一你歐衣嘎　思嚕　衣他搭key媽思

i.i.ni.o.i.ga. su.ru. i.ta.da.ki.ma.su.

聞起來好香喔！我要開動了。

B：いただきます。

衣他搭key媽思

i.ta.da.ki.ma.su.

開動了。

ごちそうさまでした

狗漆搜－撒媽　爹吸他

go.chi.so.u.sa.ma. de.shi.ta.

我吃飽了／謝謝招待

説 明

　吃飽飯説，會説「ごちそうさまでした」或是「おい
しかったです」(很好吃)表示吃飽了。

情 境 對 話

A：おいしかった。ごちそうさまでした。

歐衣吸咖・他　狗漆搜－撒媽　爹吸他

o.i.shi.ka.tta. go.chi.so.u.sa.ma. de.shi.ta.

很好吃。我吃飽了。

B：おなかいっぱいです。ごちそうさまでし
た。

歐拿咖　衣・趴衣　爹思　狗漆搜－撒媽　爹吸他

o.na.ka. i.ppa.i.de.su. go.chi.so.u.sa.ma
de.shi.ta.

吃得好飽。我也吃飽了。

Track 086

食べたことがありますか

他背他口偷嘎　阿哩媽思咖

ta.be.ta.ko.to.ga.　a.ri.ma.su.ka.

吃過嗎

説 明

　　動詞加上「ことがありますか」，是表示有沒有做過某件事的經歷。有的話就回答「はい」，沒有的話就説「いいえ」。

情 境 對 話

A：イタリア料理を食べたことがありますか？

衣他哩阿溜一哩喔　他背他口偷嘎　阿哩媽思咖

i.ta.ri.a.ryo.u.ri.o.　ta.be.ta.ko.to.ga.　a.ri.ma.su.ka.

你吃過義大利菜嗎？

B：いいえ、食べたことがありません。

衣一セ　他背他口偷嘎　阿哩媽誰嗯

i.i.e.　ta.be.ta.ko.to.ga.　a.ri.ma.se.n.

沒有，我沒吃過。

おいしそう

歐衣吸搜－

o.i.shi.so.u.

看起來好好吃

説明

「おいしい」是好吃的意思。「おいしそう」是看起來很好吃的意思。當食物看起來很可口的時候，可以用「おいしそう」來表示很想吃。

情境對話

A：わ、おいしそう！いただきます。

哇　歐衣吸搜－　衣他搭key媽思

wa. o.i.shi.so.u. i.ta.da.ki.ma.su.

哇，看起來好好吃。開動囉！

B：この肉まん、おいしい。

口no你哭媽嗯　歐衣吸－

ko.no.ni.ku.ma.n. o.i.shi.i.

這包子，真好吃。

Track 087

持って帰ります
謀・貼 咖せ哩媽思
mo.tte. ka.e.ri.ma.su.

外帶

説明

外帶是「持って帰ります」，也可以説「持ち帰り」。要在店內食用則是説「ここで食べます」。

情境對話

A：店内でお召し上がりですか？

貼嗯拿衣爹　歐妹吸阿嘎哩爹思咖

te.n.na.i.de. o.me.shi.a.ga.ri.de.su.ka.

內用嗎？

B：いいえ、持って帰ります。

衣ーせ　謀・貼　咖せ哩媽思

i.i.e. mo.tte. ka.e.ri.ma.su.

不，我要外帶。

メニューを見せてもらえ<ruby>見<rt>み</rt></ruby>ますか

妹女ー喔　咪誰貼　謀啦せ媽思咖

me.nyu.u.o. mi.se.te. mo.ra.e.ma.su.ka.

能給我菜單嗎

説明

「～を見せてもらえますか」是請對方拿東西給自己看。「メニュー」則是菜單的意思。問是否有中文菜單則是説「中国語のメニューはありますか」。

情境對話

A：メニューを見せてもらえますか？

妹女ー喔　咪誰貼　謀啦せ媽思咖

me.nyu.u.o. mi.se.te. mo.ra.e.ma.su.ka.

能給我菜單嗎？

B：はい、どうぞ。

咖衣　兜ー走

ha.i. do.u.zo.

好的，請。

1人前だけ注文出来ますか

衣漆你嗯媽せ　搭開　去一謀嗯　爹key媽思咖

i.chi.ni.n.ma.e. da.ke. chu.u.mo.n. de.ki.ma.su.ka.

可以只點1人份嗎

説明

　　1人份是「1人前」。詢問餐廳是否可以叫小份一點或有特殊需求時，可以用「～注文出来ますか」來表示。另外，「ハーフサイズ」是半份；大碗是「大盛」。

情境對話

A：1人前だけ注文出来ますか？

衣漆你嗯媽せ　搭開　去一謀嗯　爹key媽思咖

i.chi.ni.n.ma.e. da.ke. chu.u.mo.n. de.ki.ma.su.ka.

可以只點1人份嗎？

B：はい、承ります。

哈衣　烏開他媽哇哩媽思

ha.i. u.ke.ta.ma.wa.ri.ma.su.

沒問題，我們可以。

Track 088

注文お願いします

ちゅうもん　ねが

去－謀嗯　歐內嘎衣　吸媽思

chu.u.mo.n. o.ne.ga.i. shi.ma.su.

我想點餐

說明

「注文」是點餐、下訂的意思；加點是「追加
注文」。想要點餐時，就說「注文お願いします」。

情境對話

A：注文お願いします。

ちゅうもん　ねが

去－謀嗯　歐內嘎衣　吸媽思

chu.u.mo.n. o.ne.ga.i. shi.ma.su.

我想點餐。

B：はい、すぐ伺いに参ります。

うかが　まい

哈衣　思古　烏咖嘎衣你　媽衣哩媽思

ha.i. su.gu. u.ka.ga.i.ni. ma.i.ri.ma.su.

好的，馬上過去。

あともう少し時間を頂けますか

阿偷　謀ー　思口吸　基咖嗯喔　衣他搭開媽思咖

a.to. mo.u. su.ko.shi. ji.ka.no. i.ta.da.ke. ma.su.ka.

可以再給我一點時間嗎

説 明

　　店員來詢問是否可以點餐，但還沒有決定好的時候，要請對方再多給一點時間，就説「あともう少し時間を頂けますか」。也可以説「後でいいですか」。

情境對話

A：ご注文を伺います。

狗去ー謀嗯喔　烏咖嘎衣媽思

go.chu.u.mo.no. u.ka.ga.i.ma.su.

請問要點什麼？

B：あともう少し時間を頂けますか？

阿偷　謀ー　思口吸　基咖嗯喔　衣他搭開媽思咖

a.to. mo.u. su.ko.shi. ji.ka.no. i.ta.da.ke. ma.su.ka.

可以再給我一點時間嗎？

Track 089

にんにくは抜いてもらえ
ますか

你嗯你哭哇　奴衣貼　謀啦せ媽思咖
ni.n.ni.ku.wa. nu.i.te. mo.ra.e.ma.su.ka.

可以不要加蒜頭嗎

説明

　請店家不加某項材料，是用「～は抜いてもらえます
か」的句型。若是想吃辣一點，可以説「辛めにしてもら
えますか」。

情境對話

A：にんにくは抜いてもらえますか？

你嗯你哭哇　奴衣貼　謀啦せ媽思咖
ni.n.ni.ku.wa. nu.i.te. mo.ra.e.ma.su.ka.

可以不要加蒜頭嗎？

B：一度厨房に聞いてみますので、少々お
待ちください。

衣漆兜　去ー玻ー你 keyー貼　咪媽思 no爹　休ー
休ー　歐媽漆　哭搭撒衣
i.chi.do. chu.u.bo.u.ni. ki.i.te. mi.ma.su
no.de. sho.u.sho.u. o.ma.chi. ku.da.sa.i.

我去問一下廚房，請稍等。

Track 090

あれと同じ料理をください

阿勒偷　歐拿基　溜一哩喔　哭搭撒衣

a.re.to. o.na.ji. ryo.u.ri.o. ku.da.sa.i.

我要和那個一樣的

説明

　　點餐時，想要和別人一樣的東西時，可以直接指著那道菜，説「あれと同じ料理をください」。或是可以説「私も同じものをお願いします」。

情境對話

A：あれと同じ料理をください。

阿勒偷　歐拿基　溜一哩喔　哭搭撒衣

a.re.to. o.na.ji. ryo.u.ri.o. ku.da.sa.i.

我要和那個一樣的。

B：かしこまりました。

咖吸口媽哩媽媽吸他

ka.shi.ko.ma.ri.ma.shi.ta.

好的。

セットメニューはありますか

誰・偷妹女一哇　阿哩媽思咖

se.tto.me.nyu.u.wa. a.ri.ma.su.ka.

有套餐菜單嗎

説明

　　詢問有沒有什麼東西時，用「～はありますか」。套餐是「セット」，日式套餐則是「定食」。問有沒有附東西，則是説「～は付いていますか」。

情境對話

A：セットメニューはありますか？

誰・偷妹女一哇　阿哩媽思咖

se.tto.me.nyu.u.wa. a.ri.ma.su.ka.

有套餐菜單嗎？

B：はい、こちらになります。

哈衣　口漆啦你　拿哩媽思

ha.i. ko.chi.ra.ni. na.ri.ma.su.

有的，在這裡。

これはどんな料理ですか

口勒哇　兜嗯拿　溜一哩　爹思咖

ko.re.wa. do.n.na. ryo.u.ri de.su.ka.

這是什麼樣的料理

説明

　　看到陌生的餐點名稱，就用「～はどんな料理ですか」來詢問餐點的內容是什麼。想要問菜裡面加了什麼，則是說「この料理は何が入っていますか」。

情境對話

A：これはどんな料理ですか？

口勒哇　兜嗯拿　溜一哩　爹思咖

ko.re.wa. do.n.na. ryo.u.ri. de.su.ka.

這是什麼樣的料理？

B：豚骨ベースのスープに具をたくさん入れたものです。

偷嗯口此　背一思no　思一撲你　古喔　他哭撒嗯　衣勒他　謀no　爹思

to.n.ko.tsu. be.e.su.no. su.u.pu.ni. gu.o. ta.ku.sa.n. i.re.ta. mo.no. de.su.

在用豬骨燉的高湯中，加入大量食材的料理。

それはすぐ出来ますか

搜勒哇　思古　爹key媽思咖

so.re.wa.　su.gu.　de.ki.ma.su.ka.

那道菜可以馬上做好嗎

説　明

　　趕時間的時候，要詢問餐點是否能立刻上菜，可以用
「すぐ出来ますか」來詢問。若是要問哪樣菜可以早點上
菜，可以説「なにか早くできるものはありますか」。

情境對話

A：それはすぐ出来ますか？

搜勒哇　思古　爹key媽思咖

so.re.wa.su.gu.　de.ki.ma.su.ka.

（用指的）那道菜很快就能上菜嗎？

B：はい、すぐ出来ます。

哈衣　思古　爹key媽思

ha.i.　su.gu.　de.ki.ma.su.

是的，可以馬上做好。

どんな味ですか

兜嗯拿　阿基　爹思咖

do.n.na. a.ji. de.su.ka.

是什麼樣的味道

説 明

「味」是味道的意思，詢問菜肴的口感和味道，就用「どんな味ですか」來詢問。

情 境 對 話

A：これはどんな味ですか？

口勒哇　兜嗯拿　阿基　爹思咖

ko.re.wa. do.n.na. a.ji. de.su.ka.

這是什麼樣的味道？

B：ピリ辛でさっぱりしています。

披哩咖啦爹　撒‧趴哩　吸貼衣媽思

pi.ri.ka.ra.de. sa.ppa.ri. shi.te.i.ma.su.

微辣很清爽。

Track 092

1人では量が多いですか
ひとり　　　りょう　おお

he偷哩　爹哇　溜ー嘎　歐ー衣　爹思咖

hi.to.ri de.wa. ryo.u.ga. o.o.i de.su.ka.

對1個人來說量會太多嗎

説明

詢問餐點的份量會不會太多，可以説「～では量が多いですか」。要問份量有多大時，也可以説「量はどのくらいですか」。

情境對話

A：この料理、1人では量が多いですか？
　　　　りょうり　ひとり　　　りょう　おお

口no溜ー哩　he偷哩爹哇　溜ー嘎　歐ー衣　爹思咖

ko.no.ryo.u.ri. hi.to.ri.de.wa. ryo.u.ga. o.o.i.de.su.ka.

這道菜，對1個來人來會太多嗎？

B：そうですね。こちらの料理は2人前から
　　　　　　　　　　　　　　　りょうり　にんまえ
のご注文になっていますが。
　ちゅうもん

搜ー　爹思內　口漆啦no　溜ー哩哇　你你嗯媽せ　咖啦
no　去ー謀嗯你　拿・貼　衣媽思嘎

so.u de.su.ne. ko.chi.ra.no. ryo.u.ri.wa. ni.ni.n.ma.e. ka.ra.no. go.chu.u.mo.n.ni. na.tte. i.ma.su.ga.

嗯，這道菜基本上是要點2人份以上。

ビールに合う料理はどれでしょうか

逼－嚕你　阿烏　溜－哩哇　兜勒　爹休－咖
bi.i.ru.ni. a.u. ryo.u.ri.wa. do.re. de.sho.u.ka.

哪道菜和啤酒比較搭

説明

詢問哪道菜比較適合點時，可用「～に合う料理はどれでしょうか」。問配菜是什麼，則可以説「付け合せは何ですか」。

情境對話

A：ビールに合う料理はどれでしょうか？

逼嚕你　阿烏　溜－哩哇　兜勒　爹休－咖
bi.i.ru.ni. a.u. ryo.u.ri.wa. do.re. de.sho.u.ka.

哪道菜和啤酒比較搭？

B：こちらのガーリックシュリンプはいかがでしょうか？

口漆啦no　嘎－哩哭嘘哩嗯撲哇　衣咖嘎　爹休－咖
ko.chi.ra.no. ga.a.ri.kku.shu.ri.n.pu.wa. i.ka.ga. de.sho.u.ka.

這道蒜頭蝦怎麼樣？

デザートは何がありますか

爹紮－偷哇　拿你嘎　阿哩媽思咖

de.za.a.to.wa.　na.ni.ga.　a.ri.ma.su.ka.

有什麼甜點

説明

「～は何がありますか」是詢問有沒有什麼。甜點則是「デザート」。不需要甜點則説「デザートはいりません」。

情境對話

A：デザートは何がありますか？

爹紮－偷哇　拿你嘎　阿哩媽思咖

de.za.a.to.wa.　na.ni.ga.　a.ri.ma.su.ka.

有什麼甜點？

B：チーズケーキとアイスクリームから選べます。

漆一資開－key偷　阿衣思哭哩一母　咖啦　せ啦背媽思

chi.i.zu.ke.e.ki.to.　a.i.su.ku.ri.i.mu　ka.ra.

e.ra.be.ma.su.

起士蛋糕和冰淇淋二選一。

おかわりください

歐咖哇哩　哭搭撒衣

o.ka.wa.ri. ku.da.sa.i.

再來一碗（杯）

説 明

　　「おかわり」是再來一碗（杯）的意思。要再盛一碗飯，或是咖啡續杯，都是用「おかわり」。問是否能續杯（碗）則是説「おかわりできますか」。想要再來一杯則是説「もう1杯お願いします」。

情 境 對 話

A：お湯のおかわりください。

歐瘀no 歐咖哇哩　哭搭撒衣

o.yu.no o.ka.wa.ri. ku.da.sa.i.

再給我 1 杯熱水。

B：かしこまりました。

咖吸口媽哩媽吸他

ka.shi.ko.ma.ri.ma.shi.ta.

好的。

Track 094

氷 抜きでお願いします

ロー哩奴key爹　歐內嘎衣　吸媽思

ko.o.ri.nu.ki.de. o.ne.ga.i shi.ma.su.

不加冰塊

説明

「氷抜き」是不加冰塊的意思。

情境對話

A：アイスコーヒーください。氷抜きでお
願いします。

阿衣思口ーheー　哭搭撒衣　ロー哩奴key爹　歐內嘎衣
吸媽思

a.i.su.ko.o.hi.i. ku.da.sa.i. ko.o.ri.nu.ki.de.
o.ne.ga.i shi.ma.su.

我要冰咖啡。請不要加冰塊。

B：かしこまりました。

咖吸口媽哩媽吸他

ka.shi.ko.ma.ri.ma.shi.ta.

好的。

2人でシェアしたいので
すが

夫他哩爹　些阿　吸他衣no　爹思嘎

fu.ta.ri.de. she.a shi.ta.i.no. de.su.ga.

想要2個人分

説 明

　幾個人點餐分著吃叫做「シェア」。「～でシェアし
たいのですが」則是表示要分著吃，請店家準備小盤子。
也可以直接説「取り皿ください」，請店家準備小盤子。

情 境 對 話

A：2人でシェアしたいのですが。

夫他哩爹　些阿　吸他衣no　爹思嘎

fu.ta.ri.de. she.a. shi.ta.i.no. de.su.ga.

我們想要2個人分著吃。

B：かしこまりました。取り皿を用意いたし
ます。

咖吸口媽哩媽媽吸他　偷哩紮啦喔　優一衣　衣他吸媽思

ka.shi.ko.ma.ri.ma.shi.ta. to.ri.za.ra.o.
yo.u.i.i.ta.shi.ma.su.

好的，我會為您準備小盤。

Track 095

あまりおいしくないです

阿媽哩　歐衣吸哭拿衣　爹思

a.ma.ri. o.i.shi.ku.na.i de.su.

不太好吃

説 明

　　「あまり〜ないです」是「不太〜」的意思。難吃是「まずいです」；馬馬虎虎則是「いまいちです」。

情 境 對 話

A：味はどうですか？

阿基哇　兜一　爹思咖

a.ji.wa. do.u. de.su.ka.

味道怎麼樣？

B：あまりおいしくないです。

阿媽哩　歐衣吸哭拿衣　爹思

a.ma.ri. o.i.shi.ku.na.i de.su.

不太好吃。

Track 096

これはおいしい

口勒哇　歐衣吸ー

ko.re.wa. o.i.shi.i.

這很好吃

説 明

「おいしい」是好吃的意思，也可以説「美味」。

情 境 對 話

A：どうですか？

兜ー 爹思咖

do.u. de.su.ka.

怎麼樣？

B：うん、これはおいしい。

烏嗯　口勒哇　歐衣吸ー

u.n. ko.re.wa. o.i.shi.i.

嗯，這很好吃。

おなかいっぱいです

歐拿咖　衣・趴衣　爹思

o.na.ka. i.ppa.i. de.su.

很飽

説明

「おなか」是肚子的意思，「いっぱい」是充滿了的
意思。所以「おなかいっぱい」就是「吃得很飽」的意
思。

情境對話

A：デザートは何にしますか？

爹紮ー偷哇　拿你你　吸媽思咖

de.za.a.to.wa. na.ni.ni. shi.ma.su.ka.

甜點要吃什麼？

B：いや、結構です。もうおなかいっぱいで
す。

衣呀　開・口ー爹思　謀ー　歐拿咖　衣・趴衣　爹思

i.ya. ke.kko.u.de.su. mo.u. o.na.ka. i.ppa.i
de.su.

不，不用了。我已經很飽了。

Track 097

少し辛いです

すこ　から

思口吸　咖啦衣　爹思

su.ko.shi. ka.ra.i. de.su.

有點辣

説 明

「辛い」是「辣」的意思。「少し～です」是「有點～」的意思。辣得吃不下則是説「辛すぎて食べられません」。

から　　　　　　　　　　　すこ

た

情 境 對 話

A：味はどうですか？

あじ

阿基哇　兜一　爹思咖

a.ji.wa. do.u. de.su.ka.

味道怎麼樣？

B：少し辛いです。

すこ　から

思口吸　咖啦衣　爹思

su.ko.shi. ka.ra.i. de.su.

有點辣。

Track 097

ミディアムでお願（ねが）いします

咪低阿母爹　歐內嘎衣　吸媽思

mi.di.a.mu.de. o.ne.ga.i. shi.ma.su.

我想要五分熟

説明

　　點牛排時有全熟「ウェルダン」、半熟「ミディアム」和生「レア」之分，而全熟也可以説成「よく焼（や）く」。

情境對話

A：ステーキの焼（や）き加減（かげん）はいかがなさいますか？

思貼－keyno　呀key咖給嗯哇　衣咖嘎　拿撒衣媽思咖

su.te.e.ki.no. ya.ki.ka.ge.n.wa. i.ka.ga. na.sa.i.ma.su.ka.

牛排要幾分熟？

B：ミディアムでお願（ねが）いします。

咪低阿母爹　歐內嘎衣　吸媽思

mi.di.a.mu.de. o.ne.ga.i. shi.ma.su.

我想要五分熟。

これは<ruby>注文<rt>ちゅうもん</rt></ruby>していませんが

口勒哇　去ー謀嗯　吸貼　衣媽誰嗯嘎

ko.re.wa. chu.u.mo.n. shi.te. i.ma.se.n.ga.

我沒有點這個

説明

上菜時如果出現了沒有點的東西，可以説「これは注文していませんが」。要取消則是説「キャンセルしてください」。

情境對話

A：これは<ruby>注文<rt>ちゅうもん</rt></ruby>していませんが。

口勒哇　去ー謀嗯　吸貼　衣媽誰嗯嘎

ko.re.wa. chu.u.mo.n. shi.te. i.ma.se.n.ga.

我沒有點這個。

B：<ruby>申<rt>もう</rt></ruby>し<ruby>訳<rt>わけ</rt></ruby>ありません。お<ruby>下<rt>さ</rt></ruby>げします。

謀ー吸哇開　阿哩媽誰嗯　歐撒給　吸媽思

mo.u.shi.wa.ke. a.ri.ma.se.n. o.sa.ge.shi.ma.su.

對不起，我們立刻把它撤下去。

この料理は変なにおいが
します

口no　溜一哩哇　嘿嗯拿　你歐衣嘎　吸媽思

ko.no.　ryo.u.ri.wa.　he.n.na.　ni.o.i.ga.　shi.
ma.su.

這道餐點有奇怪的味道

説 明

「～においがします」是表示「有～的味道」。若是
覺得料理不夠熱，則可以説「これは十分に温まっていま
せん」。

情 境 對 話

A：この料理は変なにおいがしますが。

口no　溜一哩哇　嘿嗯拿　你歐衣嘎　吸媽思嘎

ko.no.　ryo.u.ri.wa.　he.n.na.　ni.o.i.ga.　shi.
ma.su.ga.

這道餐點有奇怪的味道。

B：今すぐ作り直します。申し訳ございませ
ん。

衣媽　思古　此哭哩拿歐吸媽思　謀一吸哇開
狗紮衣媽誰嗯

i.ma.　su.gu.　tsu.ku.ri.na.o.shi.ma.su.
mo.u.shi.wa.ke.　go.za.i.ma.se.n.

我們立刻重做，很抱歉。

好きな食べ物は何ですか

思key拿　他背謀no哇　拿嗯　爹思咖

su.ki.na. ta.be.mo.no.wa. na.n. de.su.ka.

最喜歡吃什麼

說 明

　　問對方喜歡的食物，可以用「好きな食べ物は何ですか」這句話來詢問。問是否有討厭的食物，則是説「嫌いな食べ物はありますか」。

情 境 對 話

A：好きな食べ物は何ですか？

思key拿　他背謀no哇　拿嗯　爹思咖

su.ki.na. ta.be.mo.no.wa. na.n.de.su.ka.

你最喜歡吃什麼？

B：肉料理が好きです。

你哭溜一哩嘎　思key　爹思

ni.ku.ryo.u.ri.ga. su.ki. de.su.

我喜歡吃肉。

Track 099

一杯どうですか

衣・趴衣　兜一　爹思咖

i.ppa.i. do.u. de.su.ka.

要不要喝一杯（酒）

説明

此句是邀請對方一起飲酒、喝一杯之意。也可以説「飲みに行きましょうか」。

情境對話

A：ここは焼酎が美味しいことで有名ですけど、軽く一杯どうですか?

口口哇　休一去一嘎　歐衣吸一　口偷爹　瘀一妹一　爹思開兜　咖嚕咥　衣・趴衣　兜一　爹思咖

ko.ko.wa. sho.u.chu.u.ga. o.i.shi.i. ko.to.de. yu.u.me.i. de.su.ke.do. ka.ru.ku. i.ppa.i.do. u.de.su.ka.

這裡的日式燒酒很有名，要不要來一杯？

B：じゃあ、いただきます。

加一　衣他搭key媽思

ja.a. i.ta.da.ki.ma.su.

好啊。

食べ過ぎだ

他背思個衣他

ta.be.su.gi.ta.

吃太多了

説明

　　「~すぎだ」是「太多」、「超過」的意思，前面加上了動詞，就是該動作已經超過了正常的範圍了。喝太多了則是「飲み過ぎた」。

情境對話

A：今日も食べ過ぎだ。

克優一謀　他背思個衣搭

kyo.u.mo.　ta.be.su.gi.da.

今天又吃太多了。

B：大丈夫。ダイエットは明日から。

搭衣糾一捕　搭衣せ・偷哇　阿吸他　咖啦

da.i.jo.u.bu.　da.i.e.tto.wa.　a.shi.ta　ka.ra.

沒關係啦，減肥從明天開始。

菜日文會話
觀光景點篇

何時まで開いていますか

拿嗯基　媽爹　阿衣貼　衣媽思咖

na.n.ji. ma.de. a.i.te. i.ma.su.ka.

開到幾點

説明

　　「何時まで」是詢問「到幾點」。「何時まで開いて
いますか」是用來詢問店開到幾點，也可以説「何時まで
営業していますか」。

情境對話

A：ここは何時まで開いていますか？

口口哇　拿嗯基　媽爹　阿衣貼　衣媽思咖

ko.ko.wa. na.n.ji. ma.de. a.i.te. i.ma.su.ka.

這裡開到幾點？

B：営業時間は10時までです。

せー哥優ー基咖嗯哇　居ー基　媽爹　爹思

e.i.gyo.u.ji.ka.n.wa. ju.u.ji. ma.de. de.su.

營業時間到10點。

Track 100

中国語が話せる観光ガイドはいますか

去ー狗哭狗嘎　哈拿誰嚕　咖嗯口ー嘎衣兜哇
衣媽思咖

chu.u.go.ku.go.ga.　ha.na.se.ru.　ka.n.ko.
u.ga.i.do.wa.　i.ma.su.ka.

有沒有會説中文的導覽

説明

　　「中国語が話せる」是「會説中文」的意思，「観光
ガイド」則是導遊。想要詢問是否可以安排導覽，可以説
「観光ガイドを頼むことはできますか」。

情境對話

A：中国語が話せる観光ガイドはいますか？
去ー狗哭狗嘎　哈拿誰嚕　咖嗯口ー嘎衣兜哇　衣媽思咖
chu.u.go.ku.go.ga.　ha.na.se.ru.　ka.n.ko.
u.ga.i.do.wa.　i.ma.su.ka.
有沒有會説中文的導遊。

B：はい、少々お待ちください。
哈衣　休ー休ー　歐媽漆　哭搭撒衣
ha.i.　sho.u.sho.u.　o.ma.chi.　ku.da.sa.i.
有的，請稍待。

Track 101

ここの名物は何ですか

口口no 妹－捕此哇 拿嗯 爹思咖

ko.ko.no. me.i.bu.tsu.wa. na.n. de.su.ka.

這裡的名產是什麼

說 明

「名物」是名產的意思，指當地最為人所知的東西。

情 境 對 話

A：ここの名物は何ですか？

口口no 妹－捕此哇 拿嗯 爹思咖

ko.ko.no. me.i.bu.tsu.wa. na.n. de.su.ka.

這裡的名產是什麼？

B：そうですね。ひつまぶしが一番有名です。

搜－ 爹思內 he此媽捕吸嘎 衣漆巴嗯 瘀－妹－爹思

so.u de.su.ne. hi.tsu.ma.bu.shi.ga. i.chi. ba.n. yu.u.me.i. de.su.

這個嘛，鰻魚飯三吃是最有名的。

写真を撮ってもいいですか

瞎吸嗯喔　偷・貼謀　衣一　爹思咖

sha.shi.n.o.　to.tte.mo.　i.i.de.su.ka.

可以拍照嗎

說明

　　觀光時，如果想拍景點或別人店裡的模樣時，就用「写真を撮ってもいいですか」來詢問對方可不可以拍照。也可以說「写真を撮らせてください」。

情境對話

A：ここの写真を撮ってもいいですか？

口口no　瞎吸嗯喔　偷・貼謀　　衣一　爹思咖

ko.ko.no.　sha.shi.n.o.　to.tte.mo.　i.i
de.su.ka.

可以拍這裡的照片嗎？

B：はい、どうぞ。

哈衣　兜一走

ha.i.　do.u.zo.

可以的，請。

シャッターを押してもらえますか

瞎・他一喔　歐吸貼　謀啦せ媽思咖

sha.tta.a.o. o.shi.te. mo.ra.e.ma.su.ka.

可以幫我拍照嗎

説明

「シャッター」是快門的意思，「シャッターを押してもらえますか」是請對方幫忙按快門，也就是請對方幫忙拍照的意思。

情境對話

A：すみません、シャッターを押してもらえますか？

思咪媽誰嗯　瞎・他一喔　歐吸貼　謀啦せ媽思咖

su.mi.ma.se.n. sha.tta.a.o. o.shi.te. mo.ra.e.ma.su.ka.

不好意思，可以請你幫我拍照嗎？

B：いいですよ。

衣一爹思優

i.i.de.su.yo.

好啊。

中国語のパンフレットを
ください

去一狗哭狗no　趴嗯夫勒・偷喔　哭搭撒衣

chu.u.go.ku.go.no.　pa.n.fu.re.tto.o.　ku.da.
sa.i.

請給我中文的説明

説 明

「～ください」是「請給我～」的意思。問有沒有某
樣東西，則是説「ありますか」。

情 境 對 話

A：中国語のパンフレットをください。

去一狗哭狗no　趴嗯夫勒・偷喔　哭搭撒衣

chu.u.go.ku.go.no.　pa.n.fu.re.tto.o.　ku.da.
sa.i.

請給我中文的説明。

B：はい、どうぞ。

哈衣　兜一走

ha.i.　do.u.zo.

好的，請拿去。

Track 102

予約はしていませんが

よ　やく

優呀哭哇　吸貼　衣媽誰嗯嘎

yo.ya.ku.wa. shi.te. i.ma.se.n.ga.

我沒有預約

説 明

　　進到餐廳卻沒有事先預約，想詢問沒位是否能進去，可以説「予約はしていませんが」。

情 境 對 話

A：予約はしていませんが、入れますか？
よやく

優呀哭哇　吸貼　衣媽誰嗯嘎　哈衣勒媽思咖

yo.ya.ku.wa. shi.te. i.ma.se.n.ga. ha.i.re. ma.su.ka.

我沒有預約，可以進去嗎？

B：はい、何名様ですか？
なんめいさま

哈衣　拿嗯妹ー撒媽　爹思咖

ha.i. na.n.me.i.sa.ma. de.su.ka.

好的，請問有幾位？

菜日文會話
身體狀況篇

気持ち悪い

Key謀漆　哇嚕衣

ki.mo.chi. wa.ru.i.

不舒服

説明

「気持ち」是心情、感覺的意思，後面加上適當的形容詞，像是「いい」「わるい」就可以表達自己的感覺。

情境對話

A：ケーキを５つ食べた。ああ、気持ち悪い。

開－key喔　衣此此他背他　阿－　key謀漆哇嚕衣

ke.e.ki.o. i.tsu.tsu.ta.be.ta. a.a. ki.mo.chi. wa.ru.i.

我吃了5個蛋糕，覺得好不舒服喔！

B：食べすぎだよ。

他背思個衣搭優

ta.be.su.gi.da.yo.

你吃太多了啦！

のどが痛い

no兜嘎　衣他衣

no.do.ga. i.ta.i.

喉嚨好痛

説明

　　覺得很痛的時候，可以用痛い這個字，表達自己的感覺。「のど」是喉嚨；其他部位如「頭」是頭；「耳」是耳朵；「目」是眼睛；「足」是腳或腿；「首」是脖子。

情境對話

A：どうしたの？

兜一吸他no

do.u.shi.ta.no.

怎麼了？

B：のどが痛い。

no兜嘎　衣他衣

no.do.ga. i.ta.i.

喉嚨好痛。

Track 104

だいじょうぶ
大丈夫です

搭衣糾-捕爹思

da.i.jo.u.bu.de.su.

沒關係／沒問題

説明

　　要表示自己的狀況沒有問題，或是事情一切順利的時候，就可以用「大丈夫です」來表示。若是把語調提高「大丈夫ですか」，則是詢問對方「還好吧？」的意思。

情境對話

A：顔色が悪いです。大丈夫ですか？

咖歐衣攏嘎　哇嚕衣爹思　搭衣糾-捕　爹思咖

ka.o.i.ro.ga. wa.ru.i.de.su. da.i.jo.u.bu.
de.su.ka.

你的氣色不太好，還好嗎？

B：ええ、大丈夫です。ありがとう。

せー　搭衣糾-捕爹思　阿哩嘎偷ー

e.e. da.i.jo.u.bu.de.su. a.ri.ga.to.u.

嗯，我很好，謝謝關心。

気分はどう
きぶん

Key捕嗯哇兜一

ki.bu.n.wa.do.u.

感覺怎麼樣

説明

「気分」可以指感覺，也可以指身體的狀態，另外也
可以來表示周遭的氣氛，在這個字前面加上適當的形容
詞，就可以完整表達意思。

情境對話

A：気分はどう？
きぶん

Key捕嗯哇　兜一

ki.bu.n.wa.　do.u.

感覺怎麼樣？

B：さっきよりはよくなった。

撒・Key優哩哇　優哭拿・他

sa.ki.yo.ri.wa.　yo.ku.na.tta.

比剛才好多了。

Track 105

風邪薬ありますか
咖賊古思哩　阿哩媽思咖
ka.ze.gu.su.ri. a.ri.ma.su.ka.

有感冒藥嗎

說明

　　身體不舒服，要找藥品時，可以問「薬ありますか」。感冒藥是「風邪薬」；頭痛藥則是「頭痛薬」。

情境對話

A：風邪引いちゃったみたいで、風邪薬ありますか？

咖賊　he一揺・他　咪他衣爹　咖賊古思哩　阿哩媽思咖
ka.ze. hi.i.cha.tta. mi.ta.i.de. ka.ze.gu.su.ri.
a.ri.ma.su.ka.

我好像感冒了，有感冒藥嗎？

B：どうぞ。大丈夫ですか？

兜一走　搭衣糾一捕　爹思咖
do.u.zo. da.i.jo.u.bu. de.su.ka.

在這裡，你還好吧？

Track 105

記憶が飛んじゃった

key歐哭嘎　偷嗯加・他

ki.o.ku.ga. to.n.ja.tta.

失去了記憶

説明

「記憶が飛んじゃった」表示想不起來，失去了記憶。而昏倒失去意識則是説「意識を失った」。

情境對話

A：昨日の飲み会、どうだった？

keyno－no no咪咖衣　兜ー　搭・他

ki.no.u.no. no.mi.ka.i. do.u. da.tta.

昨天的聚會怎麼樣？

B：いや、記憶が飛んじゃった。何も覚えて
ないのよ。

衣呀　key歐哭嘎　偷嗯加・他　拿你謀　歐玻せ貼　拿
衣no優

i.ya. ki.o.ku.ga. to.n.ja.tta. na.ni.mo. o.bo.
e.te na.i.no.yo.

我喝到失去了記憶，什麼都記不得。

Track 106

お腹を壊した

歐拿咖喱　口哇吸他

o.na.ka.o. ko.wa.shi.ta.

拉肚子

説明

「お腹を壊した」用於吃壞了肚子，腹瀉的情況。

情境對話

A：お腹を壊したみたい。

歐拿咖喱　口哇吸他　咪他衣

o.na.ka.o. ka.wa.shi.ta. mi.ta.i.

我好像吃壞了肚子。

B：えっ？大丈夫？

せ・　搭衣糾一捕

e. da.i.jo.u.bu.

什麼？還好吧？

Track 106

吐き気がします

哈key開嘎　　吸媽思

ha.ki.ke.ga.　shi.ma.su.

想吐

説明

　「吐き気がしてきた」表示想吐，身體不舒服。另外也可以説「胸焼けがする」、「ムカムカする」。

情境對話

A：顔色が良くないけど、大丈夫？

咖歐衣摟嘎　優哭拿衣開兜　搭衣糾－捕

ka.o.i.ro.ga.　yo.ku.na.i.ke.do.　da.i.jo.u.bu.

你氣色不太好，還好吧？

B：船酔いで吐き気がします。

夫拿優衣爹　　咖key開嘎　　吸媽思

fu.na.yo.i.de.　ha.ki.ke.ga.　shi.ma.su.

我暈船所以想吐。

Track 107

いた
痛い
衣他衣

i.ta.i.

好痛

説明

　　覺得很痛的時候，可以説出這個句子，表達自己的感覺。除了實際的痛之外，心痛「胸が痛い」、痛處「痛いところ」、感到頭痛「頭がいたい」，也都是用這個字來表示。

情境對話

A：どうしたの？

兜一　吸他no

do.u. shi.ta.no.

怎麼了？

B：頭が痛い。

阿他媽嘎　衣他衣

a.ta.ma.ga. i.ta.i.

頭好痛。

Track 107

病院に連れて行ってください

逼優ー衣嗯你　此勒貼　衣・貼　哭搭撒衣

byo.u.i.n.ni. tsu.re.te. i.tte. ku.da.sa.i.

請帶我去醫院

説明

　　請別人帶自己去某個地方時，可以説「〜に連れて行ってください」。請人帶自己去醫院則是「病院に連れて行ってください」。

情境對話

A：頭が痛くて死にそうです。病院に連れて行ってください。

阿他媽嘎　衣他哭貼　吸你搜ー　爹思　逼優衣嗯你　此勒貼　衣・貼　哭搭撒衣

a.ta.ma.ga. i.ta.ku.te. shi.ni.so.u.de.su.
byo.u.i.n.ni. tsu.re.te. i.tte. ku.da.sa.i.

我頭痛得不得了，請帶我去醫院。

B：大丈夫ですか？救急車を呼びましょうか？

搭衣糾ー捕　爹思咖　Qー Qー瞎喔　優逼媽休ー咖

da.i.jo.u.bu. de.su.ka. kyu.u.kyu.u.sha.o.
yo.bi.ma.sho.u.ka.

還好嗎？要不要叫救護車？

指を切ってしまった

ゆび　き

瘀逼喔 key・貼 吸媽・他

yu.bi.o. ki.tte. shi.ma.tta.

切到手指

說明

不小心切傷，會用「～を切ってしまった」，「指
を切る」是手指切傷。

情境對話

A：痛っ！

いた

衣他・

i.ta.

好痛！

B：どうしたの？

兜ー 吸他no

do.u. shi.ta.no.

怎麼了？

A：指を切ってしまった。

ゆび　き

瘀逼喔 key・貼 吸媽・他

yu.bi.o. ki.tte. shi.ma.tta.

我不小心切到手指了。

少し熱があります

思口吸　內此嘎　阿哩媽思

su.ko.shi. ne.tsu.ga. a.ri.ma.su.

有點發燒

説明

「熱があります」是發燒的意思，也可以説「熱が出ます」。高燒則是「高熱」。

情境對話

A：どうしましたか？

兜ー　吸媽吸他咖

do.u. shi.ma.shi.ta.ka.

怎麼了？

B：昨日から頭が痛くて、熱も少しあります。

keynoー　咖啦　阿他媽嘎　衣他哭貼　內此謀　思口吸　阿哩媽思

ki.no.u. ka.ra. a.ta.ma.ga. i.ta.ku.te. ne.tsu. mo. su.ko.shi. a.ri.ma.su.

昨天開始就頭痛，還有一點發燒。

元気がない

給嗯key嘎　拿衣

ge.n.ki.ga. na.i.

沒精神

說明

「元気がない」是沒精神的意思，覺得對方看起來沒精神時，會説「元気がないね」來表示。氣色不好則是説「顔色悪い」。

情境對話

A：元気がないね。どうしたの？

給嗯key嘎　拿衣內　　兜一　吸他no

ge.n.ki.ga. na.i.ne. do.u. shi.ta.no.

你看起來沒什麼精神，怎麼了？

B：風邪引いちゃったの。

咖賊　he一掐・他no

ka.ze. hi.i.cha.tta.no.

我感冒了。

菜日文會話
請求協助篇

Track 109

パスポートをなくしました

趴思剖－偷喔　拿哭吸媽吸他

pa.su.po.o.to.o. na.ku.shi.ma.shi.ta.

我的護照不見了

説明

　　把東西弄不見了，就是「～をなくしました」。錢包被偷了，則是説「財布を盗まれました」。

情境對話

A：パスポートをなくしました。

趴思剖－偷喔　拿哭吸媽吸他

pa.su.po.o.to.o. na.ku.shi.ma.shi.ta.

我的護照不見了。

B：それは大変です。警察に電話しなくては。

搜勒哇　他衣嘿嗯　爹思　開－撒此你　爹嗯哇　吸拿哭貼哇

so.re.wa. ta.i.he.n. de.su. ke.i.sa.tsu.ni. de.n.wa. shi.na.ku.te.wa.

那可不妙，得打電話給警察報案。

Track 109

国際電話のかけかたを教えてください

口哭撒衣爹嗯哇no　咖開咖他喔　歐吸せ貼哭搭撒衣

ko.ku.sa.i.de.n.wa.no.　ka.ke.ka.ta.o.　o.shi.e.te.　ku.da.sa.i.

請教我怎麼打國際電話

説明

「～を教えてください」是請對方教自己。「国際電話」是國際電話。表示想打電話回台灣，可以説「台湾へ電話したいのですが」。

情境對話

A：国際電話のかけかたを教えて下さい。

口哭撒衣爹嗯哇no　咖開咖他喔　歐吸せ貼　哭搭撒衣

ko.ku.sa.i.de.n.wa.no.　ka.ke.ka.ta.o.　o.shi.e.te.　ku.da.sa.i.

請教我怎麼打國際電話。

B：はい。どこの国へかけられますか？

哈衣　兜口no　哭你せ　咖開啦勒媽思咖

ha.i.　do.ko.no.　ku.ni.e.　ka.ke.ra.re.ma.su.ka.

好的，請問你要打到哪個國家？

Track 110

充電器を借りることはできますか
じゅうでんき　か

居ー爹嗯key喔　咖哩嚕口偷哇　爹key媽思咖

ju.u.de.n.ki.o.　ka.ri.ru.ko.to.wa.　de.ki.ma.su.
ka.

可以借充電器嗎

説明

「～を借りることはできますか」「～を借りられますか」是詢問可不可以借東西。
か

情境對話

A：スマホの充電器を借りることはできますか？
じゅうでんき　か

思媽吼no　居ー爹嗯key喔　咖哩嚕口偷哇　爹key媽思咖

su.ma.ho.no.　ju.u.de.n.ki.o.　ka.ri.ru.ko.
to.wa.　de.ki.ma.su.ka.

可以借智慧型手機的充電器嗎？

B：はい。機種を教えていただけますか？
きしゅ　おし

哈衣　key噓嘔　歐吸せ貼　衣他搭開媽咖

ha.i.　ki.shu.o.　o.shi.e.te.　i.ta.da.ke.ma.su.
ka.

好的，可以告訴我手機的型號嗎？

助けてください
たす

他思開貼　哭搭撒衣

ta.su.ke.te. ku.da.sa.i.

救命啊

説明

　　要求助時，可以説「助けてください」，或是説「助
けて」。請人叫醫生來，則是説「医者を呼んでくださ
い」。叫救護車則是「救急車を呼んでください」。

情境對話

A：助けてください。

他思開貼　哭搭撒衣

ta.su.ke.te. ku.da.sa.i.

救命啊。

B：どうしましたか？

兜一　吸媽吸他咖

do.u. shi.ma.shi.ta.ka.

發生什麼事了？

お願い

ねが

歐內嘎衣

o.ne.ga.i.

拜託

説 明

有求於人的時候，再説出自己的需求之後，再加上一句「お願い」，就能表示自己真的很需要幫忙。

情 境 對 話

A：ホテルでございます。

吼貼嚕　爹狗桀衣媽思

ho.te.ru. de.go.za.i.ma.su.

這裡是飯店。

B：予約をお願いします。

よやく　　　ねが

優呀哭喔　歐內嘎衣吸媽思

yo.ya.ku.o. o.ne.ga.i.shi.ma.su.

麻煩你，我想要預約。

A：いつのお泊りですか？

と ま

衣此no　歐偷媽哩爹思咖

i.tsu.no. o.to.ma.ri.de.su.ka.

要預約哪一天呢？

Track 111

待^まってください

媽・貼哭搭撒衣

ma.tte.ku.da.sa.i.

等一下

説 明

　　談話時，要請對方稍微等自己一下的時候，可以用這句話來請對方稍作等待。

情 境 對 話

A：じゃ、行<sup>い</sup ってきます。

加　衣・貼key媽思

ja. i.tte.ki.ma.su.

走吧！

B：あっ、ちょっと待^まってください。

阿　秋・偷　媽・貼哭搭撒衣

a jo.tto.　ma.tte.ku.da.sa.i.

啊，等一下。

Track 112

もう一度
いちど

謀－　衣漆兜－

mo.u. i.chi.do.

再一次

説 明

　　想要請對方再説一次，或是再做一次的時候，可以使用這個字。另外自己想要再做、再説一次的時候，也可以使用。

情 境 對 話

A：すみません。もう一度説明してくださ
い。
　　　　　　　　いちどせつめい

思咪媽誰嗯　謀－　衣漆兜　誰此妹－吸貼　哭搭撒衣
su.mi.ma.se.n. mo.u. i.chi.do. se.tsu.
me.i.shi.te ku.da.sa.i.

對不起，可以請你再説明一次嗎？

B：はい。
哈衣
ha.i.
好。

Track 112

手伝ってくれませんか

貼此搭・貼　哭勒媽誰嗯咖

te.tsu.da.tte. ku.re.ma.se.n.ka.

可以幫我嗎

説明

「手伝う」是幫忙的意思，「～てくれませんか」是
請對方做事時用的句型。當很忙或是沒有餘力，需要別人
幫忙的時候，可以用「手伝ってくれませんか」來表示。

情境對話

A：大変なので手伝ってくれませんか？

他衣嘿嗯拿no爹　貼此搭・貼　哭勒媽誰嗯咖

ta.i.he.n.na.no.de. te.tsu.da.tte. ku.re.
ma.se.n.ka.

我忙不過來了，可以幫我嗎？

B：いいですよ。

衣ー爹思唷

i.i.de.su.yo.

沒問題。

A：ありがとう。助かりました。

阿哩嘎偷ー　他思咖哩媽吸他

a.ri.ga.to.u. ta.su.ka.ri.ma.shi.ta.

謝謝，幫了我大忙。

くれない

哭勒拿衣

ku.re.na.i.

可以嗎／可以給我嗎

説　明

　　和「ください」比較起來，不那麼正式的説法，和朋友説話的時候，可以用這個説法，來表示希望對方給自己東西或是幫忙。

情　境　對　話

A：これ、買ってくれない？

口勒　咖‧貼　哭勒拿衣

ko.re. ka.tte. ku.re.na.i.

這可以買給我嗎？

B：いいよ。たまにはプレゼント。

衣一優　他媽你哇　撲勒賊嗯偷

i.i.yo. ta.ma.ni.wa. pu.re.ze.n.to.

好啊，偶爾也送你些禮物。

Track 113

お伺いしたいんですが

歐烏咖嘎衣　吸他衣嗯　爹思嘎

o.u.ka.ga.i. shi.ta.i.n. de.su.ga.

我想請問一下

説 明

「…たいんですが」是向對方表達自己想要做什麼，比如説想要發問，或是想要購買物品之類的情況，就可以用這個句子。除此之外，如果是想表達「想要某樣東西」的時候，則可以使用「…がほしいんですが。」

情 境 對 話

A：あの、ちょっとお伺いしたいことがあってお電話したんですが。

阿no　秋・偷　歐烏咖嘎衣　吸他衣　口偷嘎　阿・貼
歐爹嗯哇吸他嗯爹思嘎

a.no. cho.tto. o.u.ka.ga.i.shi.ta.i. ko.to.ga. a.tte. o.de.n.wa.shi.ta.n.de.su.ga.

不好意思，我因為有事想請教，所以打了這通電話。

B：はい。どのようなご用件でしょうか？

哈衣　兜no優一拿　狗優一開嗯　爹休一咖

ha.i. do.no.yo.u.na. go.yo.u.ke.n. de.sho.u.ka.

好的，請問有什麼問題呢？

空耳で覚える
日本語旅会話帳

菜日文會話
心情感受篇

Track 114

楽しみ

他no吸咪

ta.no.shi.mi

很期待

説明

「楽しみ」表示期待，也可以説「楽しみにしています」。

情境對話

A：あの俳優の新作が決まったって。

阿no　哈衣瘀ー no　吸嗯撒哭嘎　key媽・貼

a.no　ha.i.yu.u.no.　shi.n.sa.ku.ga.　ki.ma.tta.tte.

那個演員已經決定下一部作品了。

B：本当？楽しみだね！

吼嗯偷ー　他no吸咪　搭內

ho.n.to.u.　ta.no.shi.mi.　da.ne.

真的嗎？我很期待。

Track 114

ちょうどよかった

秋一兜　優咖・他

cho.u.do. yo.ka.tta.

剛好

説明

表示巧合、正好。

情境對話

A：今、田中くんに電話しようと思ってたと
ころで、ちょうどよかった。

衣媽　他拿咖哭嗯你　爹嗯哇吸優一偷　歐謀・貼他
偷口攞爹　秋一兜　優咖・他

i.ma. ta.na.ku.n.ni.de.n.wa.shi.yo.u.to.
o.mo.tte.ta. to.ko.ro.de. cho.u.do. yo.ka.tta.

我現在正想打電話給你，剛好你就打來了。

B：そうだよ、待ちくたびれたからこっちか
ら電話したの。

搜一搭優　媽漆哭他逼勒他咖啦　口・漆咖啦　爹嗯哇
吸他no

so.u.da.yo. ma.chi.ku.ta.bi.re.ta.ka.ra.
ko.cchi.ka.ra. de.n.wa.shi.ta.no.

對啊，我等好久於是就自己打過來。

Track 115

どうしよう

兜ー　吸優ー

do.u. shi.yo.u.

怎麼辦

説明

　　表示不知如何是好。也可以説「どうしたらよいものか」或是「これからどうする」。

情境對話

A：新幹線に間に合わなかった。どうしよう？

吸嗯咖嗯誰嗯你　媽你阿哇拿咖・他　兜ー　吸優ー

shi.n.ka.n.se.n.ni. ma.ni. a.wa.na.ka.tta. do.u. shi.yo.u.

趕不上新幹線了，怎麼辦？

B：だから言ったじゃない。

搭咖啦　衣・他　加拿衣

da.ka.ra. i.tta.ja.na.i.

我不是早提醒過了嗎？

ついていない

此衣貼　衣拿衣

tsu.i.te. i.na.i.

不走運

説 明

「ついていない」表示不走運，很倒霉。也可以説
「運が悪い」。

情 境 對 話

A：風邪引いたし、財布もなくしたし、今日
ついていないな。

咖賊　he－他吸　撒衣夫謀　拿哭吸他吸　克優－　此衣
貼　衣拿衣拿

ka.ze. hi.i.ta.shi. sa.i.fu.mo. na.ku.shi.ta.shi.
kyo.u. tsu.i.te. i.na.i.na.

感冒了，錢包也不見，今天真不走運。

B：あら、かわいそうに。

阿啦　咖哇衣搜－你

a.ra. ka.wa.i.so.u.ni.

唉呀，真是可憐。

仕方ない

吸咖他拿衣

shi.ka.ta.na.i.

莫可奈何

説明

「仕方ない」表示無可奈何。也可以説「どうしようもない」。

情境對話

A：熱が出てライブにはいけそうもない、ごめん。

內此嘎 爹貼 啦衣夫你哇 衣開搜ー謀 拿衣 狗妹嗯

ne.tsu.ga.de.te. ra.i.bu.ni.wa. i.ke.so.u.mo. na.i. go.me.n.

我發燒了所以不能去演唱會，對不起。

B：いいよ、仕方ないから。また今度一緒に行こうね。

衣ー優 吸咖他拿衣 咖啦 媽他 口嗯兜 衣・休你 衣口ー內

i.i.yo. shi.ka.ta.na.i. ka.ra. ma.ta. ko.n.do. i.ssho.ni. i.ko.u.ne.

沒關係，這也是沒辦法的事。下次再一起去吧。

Track 116

好きです
す

思key爹思

su.ki.de.su.

喜歡

説 明

無論是對於人、事、物，都可用「好き」來表示自己
很中意這樣東西。用在形容人的時候，有時候也有「愛
上」的意思，要注意使用的對象喔！

情 境 對 話

A：作家で一番好きなのは誰ですか？
　　さっか　いちばんす　　　　だれ

撒・咖爹　衣漆巴嗯思keyno哇　搭勒爹思咖

sa.kka.de.　i.chi.ba.n.su.ki.na.no.wa.　da.re.
de.su.ka.

你最喜歡的作家是誰？

B：奥田英朗です。
　　おくだひでお

歐哭搭he爹歐爹思

o.ku.da.hi.de.o.de.su.

我最喜歡奧田英朗。

Track 117

気に入りました

key你　衣哩媽吸他

ki.ni. i.ri.ma.shi.ta.

很喜歡

説 明

表示自己對某事物很中意，很喜歡，就用「気に入りました」。

情 境 對 話

A：昨日のレストランどうでしたか？

keyno－no 勒思偷啦嗯 兜一 爹吸他咖

ki.no.u.no. re.su.to.ra.n. do.u. de.shi.ta.ka.

昨天去的餐廳怎麼樣？

B：クオリティは高いです。とても気に入り
ました。

括哩踢哇 他咖衣 爹思　偷貼謀 key你
衣哩媽吸他

ku.o.ri.ti.wa. ta.ka.i. de.su. to.te.mo. ki.ni.
i.ri.ma.shi.ta.

水準很高，我很喜歡。

Track 117

悔しい
くや

哭呀吸ー

ku.ya.shi.i.

真是不甘心

説明

　遇到了難以挽回的事情，要表示懊悔的心情，就用「悔しい」來表示。

情境對話

A：はい、武志の負け。
たけし　ま

哈衣　他開吸no　媽開

ha.i. ta.ke.shi.no. ma.ke.

好，武志你輸了。

B：わあ、悔しい！
くや

阿ー　哭呀吸ー

wa.a. ku.ya.shi.i.

哇，好不甘心喔。

Track 118

楽しかった

他no吸咖・他

ta.no.shi.ka.tta.

很開心

說明

　　「楽しかった」是用來表示愉快的經驗。這個字是過去式，也就是經歷了一件很歡樂的事或過了很愉快的一天後，會用這個字來向對方表示自己覺得很開心。

情境對話

A：北海道はどうでしたか？

吼・咖衣兜一哇　兜一爹吸他咖

ho.kka.i.do.u.wa. do.de.shi.ta.ka.

北海道的旅行怎麼樣呢？

B：景色もきれいだし、食べ物もおいしいし、楽しかったです。

開吸key謀　key勒一搭吸　他背謀no謀　歐衣吸一吸　他no吸咖・他爹思

ke.shi.ki.mo. ki.re.i.da.shi. ta.be.mo.no.mo o.i.shi.i.shi. ta.no.shi.ka.tta.de.su.

風景很漂亮，食物也很好吃，玩得很開心。

A：そうですか？うらやましい。

搜一爹思咖　烏啦呀媽吸一

so.u.de.su.ka. u.ra.ya.ma.shi.i.

是嗎，真是羨慕呢！

恥ずかしい
は

哈資咖吸－

ha.zu.ka.shi.i.

好丟臉

説明

做出丟臉的事情時，用來表示害羞難為情之意。

情境對話

A：あれ、これ明子さんの卒業写真です
あきこ　　　　そつぎょうしゃしん
か？

啊勒　口勒　阿key口撒嗯no　搜此個優－瞎吸嗯爹思咖
a.re. ko.re. a.ki.ko.sa.n.no. so.tsu.gyo.
u.sha.shi.n.de.su.ka.

咦，這是明子小姐的畢業照嗎？

B：あっ、恥ずかしい！
は

阿　哈資咖吸－
a. ha.zu.ka.shi.i.

啊！好丟臉啊！

すごい

思狗衣

su.go.i.

真厲害

説明

　　「すごい」一詞可以用在表示事情的程度很高，也可以用來稱讚人事物。

情境對話

A：この指輪、自分で作ったんだ。

口no瘀逼哇　基捕嗯爹　此哭・他嗯搭

ko.no.yu.bi.wa. ji.bu.n.de. tsu.ku.tta.n.da.

這戒指，是我自己做的喔！

B：わあ、すごい！

哇一　思狗衣

wa.a. su.go.i.

哇，真厲害。

Track 119

さすが

撒思嘎

sa.su.ga.

真不愧是

説明

當自己覺得對人、事、物感到佩服時，可以用來這句話來表示對方真是名不虛傳。

情境對話

A：景色もきれいだし、食べ物もおいしいです。

開吸key謀　key勒一搭吸　他背謀no謀　歐衣吸一　爹思
ke.shi.ki.mo. ki.re.i.da.shi. ta.be.mo.no.mo
o.i.shi.i. de.su.

風景很漂亮，食物也很好吃。

B：さすが日本一の名店です。

撒思嘎　你吼嗯衣漆no　妹一貼嗯爹思
sa.su.ga. ni.ho.n.i.chi.no. me.i.te.n.de.su.

真不愧是日本第一的名店。

Track 120

よかった

優咖・他

yo.ka.tta.

還好／好險

説明

　　原本預想事情會有不好的結果，或是差點就鑄下大錯，但還好事情是好的結果，就可以用這個字來表示自己鬆了一口氣，剛才真是好險的意思。

情境對話

A：教室に財布を落としたんですが。

克憂一吸此你　撒衣夫喔　歐偷吸他嗯爹思嘎

kyo.u.shi.tsu.ni. sa.i.fu.o. o.to.shi.ta.n.de.su.ga.

我的皮夾掉在教室裡了。

B：この赤い財布ですか？

口no阿咖衣　撒衣夫爹思咖

ko.no.a.ka.i. sa.i.fu.de.su.ka.

是這個紅色的皮包嗎？

A：はい、これです。よかった。

哈衣　口勒爹思　優咖・他

ha.i. ko.re.de.su. yo.ka.tta.

對，就是這個。真是太好了。

Track 120

さいこう
最高
撒衣口－
sa.i.ko.u.

超級棒／最好的

說明

　　用來形容自己在自己的經歷中覺得非常棒、無與倫比
的事物。除了有形的物品之外，也可以用來形容經歷、事
物、結果等。

情境對話

A：ここからのビューは最高ですね。
口口咖啦no逼瘵－哇　撒衣口－　爹思內
ko.ko.ka.ra.no.byu.u.wa.　sa.i.ko.u.de.su.ne.
從這裡看出去的景色是最棒的。

B：そうですね。
搜－　爹思內
so.de.su.ne.
你說的沒錯。

素晴らしい
思巴啦吸－
su.ba.ra.shi.i.

真棒／很好

説 明

　　想要稱讚對方做得很好，或是遇到很棒的事物時，都可以「素晴らしい」來表示自己的激賞之意。

情 境 對 話

A：あの人の演奏はどうでしたか？

阿nohe偷no 世嗯搜－哇　兜－ 爹吸他咖
a.no.hi.to.no. e.n.so.u.wa. do.u.de.shi.ta.ka.

那個人的演奏功力如何？

B：素晴らしいの一言です。

思巴啦吸－no　he偷口偷爹思
su.ba.ra.shi.i.no. hi.to.ko.to.de.su.

只能用「很棒」這個詞來形容。

ひどい

he兜衣

hi.do.i.

真過份／很嚴重

説明

當對方做了很過份的事，或説了十分傷人的話，要向對方表示抗議時，就可以用「ひどい」來表示。另外也可以用來表示事情嚴重的程度，像是雨下得很大，房屋裂得很嚴重之類的。

情境對話

A：人の悪口を言うなんて、ひどい！

he偷no 哇嚕哭漆喔 衣烏拿嗯貼 he兜衣

hi.to.no. wa.ru.ku.chi.o. i.u. na.n.te. hi.do.i.

説別人壞話真是太過份了。

B：ごめん。

狗妹嗯

go.me.n.

對不起。

うるさい

烏嚕撒衣

u.ru.sa.i.

很吵

説明

　　覺得很吵，深受噪音困擾的時候，可以用這句話來形容嘈雜的環境。另外當受不了對方碎碎念，這句話也有「你很吵耶！」的意思。

情境對話

A：音楽の音がうるさいです。静かにしてください。

歐嗯嘎哭no歐偷嘎　烏嚕撒衣爹思　吸資咖你　吸貼

哭搭撒衣

o.n.ga.ku.no.o.to.ga.　u.ru.sa.i.de.su.　shi.
zu.ka.ni.　shi.te.　ku.da.sa.i.

音樂聲實在是太吵了，請小聲一點。

B：すみません。

思咪媽誰嗯

su.me.ma.se.n.

對不起。

がっかり

嘎・咖哩

ga.kka.ri.

真失望

説明

對人或事感覺到失望的時候，可以用這個字來表現自己失望的情緒。

情境對話

A：合格できなかった。がっかり。

狗一咖哭　爹key拿咖・他　嘎・咖哩

go.u.ka.ku. de.ki.na.ka.tta. ga.kka.ri.

我沒有合格，真失望。

B：また次の機会があるから、元気を出して。

媽他　此個衣nokey咖衣嘎　阿嚕咖啦　給嗯key喔　搭吸貼

ma.ta. tsu.gi.no.ki.ka.i.ga. a.ru.ka.ra. ge.n.ki.o.da.shi.te.

下次還有機會，打起精神來。

Track 123

仕方がない
しかた

吸咖他嘎　拿衣

shi.ka.ta.ga. na.i.

沒辦法

説明

　　遇到了沒辦法解決，或是沒得選擇的情況時，可以用這句話表示「沒輒了」、「沒辦法了」。不得已要順從對方時，也可以用這句話來表示。

情境對話

A：できなくて、ごめん。

爹key拿哭貼　狗妹嗯

de.ki.na.ku.te. go.me.n.

對不起，我沒有辦到。

B：仕方がないよね、素人なんだから。
　　しかた　　　　　　しろうと

吸咖他嘎　拿衣優內　吸摟烏偷　拿嗯搭咖啦

shi.ka.ta.ga na.i.yo.ne. shi.ro.u.to. na.n.da. ka.ra.

沒辦法啦，你是外行人嘛！

Track 123

大変
たいへん

他衣嘿嗯

ta.i.he.n.

真糟／難為你了

説 明

在表示事情的情況變得很糟，事態嚴重時，可以使用這個字。另外在聽對方慘痛的經歷時，也可以用這個字，來表示同情之意。

情 境 對 話

A：携帯を落としてしまいました。
けいたい　お

開一他衣喔　歐偷吸貼　吸媽衣媽吸他

ke.i.ta.i.o.　o.to.shi.te.　shi.ma.i.ma.shi.ta

我的手機掉了。

B：あらっ、大変ですね！
たいへん

阿啦　他衣嘿嗯爹思內

a.ra.　ta.i.he.n.de.su.ne.

真是糟糕。

しまった

吸媽・他

shi.ma.tta.

糟了

説明

做了一件蠢事，或是發現忘了做什麼時，可以用這個字來表示。相當於中文裡面的「糟了」、「完了」。

情境對話

A:しまった！鍵を忘れちゃった。

吸媽・他　咖個衣喔哇思勒掐 他

shi.ma.tta.　ka.gi.o.wa.su.re.cha.tta.

完了，我忘了帶鑰匙了。

B:えっ！うそ！

せ　　烏搜

e.　u.so.

什麼！不會吧？

遅い
おそ

歐搜衣

o.so.i.

遲了／真慢

説 明

　當兩人相約，對方遲到時，可以用「遅い！」來抱怨
對方太慢了。而當這個字用來表示事物的時候，則是表示
時間不早了，或是後悔也來不及了的意思。

情 境 對 話

A：子供のころ、もっと勉強しておけばよか
った。

口兜謀no　口摟　謀・偷　背嗯克優一吸貼　歐開巴　優
咖・他

ko.do.mo.no.　ko.ro.　mo.tto.　be.n.kyo.u.shi.
te.　o.ke.ba.　yo.ka.tta.

要是小時候用功點就好了。

B：そうだよ、年をとってから後悔しても遅
い。

搜一搭優　偷吸喔　偷・貼咖啦　ロー咖衣　吸貼謀　歐
搜衣

so.u.da.yo.　to.shi.o.　to.tte.ka.ra.　ko.u.ka.
i.shi.te.mo.　o.so.i.

對啊，這把年紀了再後悔也來不及了。

かわいそう

咖哇衣搜一

ka.wa.i.so.u.

真可憐

説 明

「かわいそう」是可憐的意思，用來表達同情。「かわいい」和「かわいそう」念起來雖然只差一個音，但意思卻是完全相反。「かわいい」指的是很可愛，「かわいそう」卻是覺得對方可憐。

情 境 對 話

A：今日も残業だ。

克優一謀 紮嗯哥優一搭

kyo.u.mo. za.n.gyo.u.da.

今天我也要加班。

B：かわいそうに。無理しないでね。

咖哇衣搜一你 母哩 吸拿衣爹內

ka.wa.i.so.u.ni. mu.ri. shi.na.i.de.ne.

真可憐，不要太勉強喔！

Track 125

ざんねん
残念です
紮嗯內嗯爹思

za.n.ne.n. de.su.

可惜

説 明

　　要表達心中覺得可惜之意時，用「残念」來説明心中的婉惜的感覺。

情 境 對 話

あした
A：明日行けなくなりました。
啊吸他　衣開拿哭拿哩媽吸他
a.shi.ta. i.ke.na.ku.na.ri.ma.shi.ta.
我明天不能去了。

ざんねん
B：そうですか？それは残念です。
搜一　爹思咖　搜勒哇　紮嗯內嗯爹思
so.u. de.su.ka. so.re.wa. za.n.ne.n.de.su.
是嗎，那真是太可惜了。

Track 126

びっくりした

逼・哭哩吸他

bi.kku.ri.shi.ta.

嚇一跳

説明

這個字是「嚇一跳」的意思。被人、事、物嚇了一跳時，可以說「びっくりした」來表示內心的驚訝。

情境對話

A：サプライズ！お誕生日おめでとう！

撒撲啦衣資　歐他嗯糾一逼　歐妹爹偷一

sa.pu.ra.i.zu. o.ta.n.jo.u.bi. o.me.de.to.u.

大驚喜！生日快樂！

B：わ、びっくりした。ありがとう。

哇　逼・哭哩吸他　阿哩嘎偷一

wa. bi.kku.ri.shi.ta. a.ri.ga.to.u.

哇，嚇我一跳。謝謝你。

Track 126

感動しました
かんどう

咖嗯兜ー 吸媽吸他

ka.n.do.u shi.ma.shi.ta.

很感動

説 明

「感動」是感動的意思，遇到感動的人事物時，可以
用「感動しました」來表示心情。

情 境 對 話

A：この曲、泣けますね。
きょく　な

口no克優哭　拿開媽思內

ko.no.kyo.ku. na.ke.ma.su.ne.

這首歌好感人喔。

B：そうですね。歌詞に感動しました。
か　し　かんどう

搜ー爹思內　咖吸你　咖嗯兜ー　吸媽吸他

so.u.de.su.ne. ka.shi.ni. ka.n.do.u. shi.
ma.shi.ta.

對啊。歌詞很讓人感動。

Track 127

しんぱい
心配
吸嗯趴衣

shi.n.pa.i.

擔心

　　詢問對方的情形、覺得擔心或是對事情不放心的時候，可以用這個關鍵詞來表示心中的感受。

情 境 對 話

からだ ちょうし だいじょうぶ
A：体の調子は大丈夫ですか？

咖啦搭no 秋一吸哇 搭衣糾一捕爹思咖

ka.ra.da.no. cho.u.shi.wa. da.i.jo.u.bu.
de.su.ka.

身體還好嗎？

しんぱい だいぶ
B：心配しないで。もう大分よくなりました。

吸嗯趴衣吸拿衣爹 謀一 搭衣捕 優哭拿哩媽吸他

shi.n.pa.i.shi.na.i.de. mo.u.da.i.bu. yo.ku.
na.ri.ma.shi.ta.

別擔心，已經好多了。

Track 127

やめてください

呀妹貼　哭搭撒衣

ya.me.te. ku.da.sa.i.

請停止

説明

　要對方停止再做一件事的時候，可以用這個字來制止對方。但是通常會用在平輩或晚輩身上，若是對尊長説的時候，則要説「勘弁してください」。

情境對話

A:危ないですから、やめてください。

啊捕拿衣　爹思咖啦　呀妹貼哭搭撒衣

a.bu.na.i. de.su.ka.ra. ya.me.te. ku.da.sa.i.

這很危險，請停止。

B:すみません。

思咪媽誰嗯

su.mi.ma.se.n.

對不起。

かっこういい

咖・ロー衣ー

ka.kko.u.i.i.

帥／有個性／棒

說明

「かっこう」可以指外型、動作，也可以指人的性格、個性。無論是形容外在還是內在，都可以用這個詞來說明。

情境對話

A：見て、最近買った時計。

咪貼　撒衣key嗯咖・他　偷開ー

mi.te. sa.i.ki.n.ka.tta. to.ke.i.

你看！我最近買的手錶。

B：かっこういい！

咖・ロー衣ー

ka.kko.u.i.i.

好酷喔！

Track 128

迷っている

媽優・貼衣嚕

ma.yo.tte.i.ru.

很猶豫

説 明

「迷っている」是迷惘的意思，也就是對於要選擇什麼感到很猶豫。

情 境 對 話

A：何を食べたいですか？

拿你喔　他背他衣　爹思咖

na.ni.o. ta.be.ta.i. de.su.ka.

你想吃什麼。

B：うん、迷っているんですよ。

烏嗯　媽優・貼衣嚕嗯爹思優

u.n. ma.yo.tte.i.ru.n.de.su.yo.

嗯，我正在猶豫。

してみたい

吸貼咪他衣

shi.te.mi.ta.i.

想試試

説明

　　表明對某件事躍躍欲試的狀態，可以用「してみたい」來表示自己想要參與。

情境對話

A：1人旅をしてみたいなあ。

he偷哩他逼喔　吸貼咪他衣拿ー

hi.to.ri.ta.bi.o.　shi.te.mi.ta.i.na.a.

想試試看1個人旅行。

B：わたしも。

哇他吸謀

wa.ta.shi.mo.

我也是。

急がなくちゃ
いそ

衣搜嘎拿哭掐

i.so.ga.na.ku.cha.

要快點才行

説明

　　「急がなくちゃ」表示不快不行了。當時間不夠的時
いそ
候，可以用這句話來表示著急的心情。

情境對話

A：もう七時だ！
　　　　　　しちじ

謀一　吸漆基搭

mo.u. shi.chi.ji.da.

已經七點了！

B：あらっ、大変！急がなくちゃ。
　　　　　　たいへん　いそ

阿啦　他衣嘿嗯　衣搜嘎拿哭掐

a.ra. ta.i.he.n. i.so.ga.na.ku.cha.

啊，糟了！要快點才行。

Track 130

あぶ
危ない
阿捕拿衣

a.bu.na.i.

危險／小心

說 明

　　遇到危險的狀態的時候，用這個字可以提醒對方注意。另外過去式的「危なかった」也有「好險」的意思，用在千鈞一髮的狀況。

情 境 對 話

A：危ないよ、近寄らないで。

阿捕拿衣優　漆咖優啦拿衣爹
a.bu.na.i.yo.　chi.ka.yo.ra.na.i.de.

很危險，不要靠近。

B：分かった。

哇咖‧他
wa.ka.tta.

我知道了。

おもしろかった

歐謀吸撰咖・他

o.mo.shi.ro.ka.tta.

很有趣

説 明

「おもしろい」是有趣、好笑或是內容吸引人的意思，用過去式「おもしろかった」，則是表示體驗過之後的感想。

情境對話

A：昨日の映画どうだった？

keyno－no　ㄜ－咖　兜－搭・他

ki.no.u.no. e.i.ga. do.u.da.tta.

昨天的電影怎麼樣？

B：おもしろかった。いっぱい笑った。

歐謀吸撰咖・他　衣・趴衣　哇啦・他

o.mo.shi.ro.ka.tta. i.ppa.i. wa.ra.tta.

很有趣，笑個不停。

Track 130

かわいい

咖哇衣ー

ka.wa.i.i.

可愛

説 明

形容人事物可愛，就用「かわいい」來表示。

情 境 對 話

A：ね、このスカートどう？

內 口no 思咖ー偷 兜ー

ne. ko.no. su.ka.a.to. do.u.

你看，這件裙子怎麼樣？

B：うわ、かわいい。

烏哇 咖哇衣ー

u.wa. ka.wa.i.i.

哇，好可愛。

菜日文會話
問候禮儀篇

Track 131

はじめまして

哈基妹媽吸貼

ha.ji.me.ma.shi.te.

初次見面

説明

「はじめまして」用於和人初次見面和人打招呼時。

情境對話

A：はじめまして、田中と申します。

哈基妹媽吸貼　他拿咖偷　謀一吸媽思

ha.ji.me.ma.shi.te. ta.na.ka.to. mo.u.shi.ma.su.

初次見面，敝姓田中。

B：はじめまして、山本と申します。どうぞ
よろしくお願いします。

哈基妹媽吸貼　呀媽謀偷偷　謀一吸媽思　兜一走　優攬
吸哭　歐內嘎衣吸媽思

ha.ji.me.ma.shi.te. ya.ma.mo.to.to mo.u.shi.ma.su.
do.u.zo.u. yo.ro.shi.ku. o.ne.ga.i.shi.ma.su.

初次見面，敝姓山本，請多指教。

A：こちらこそ、よろしくお願いします。

口漆啦口搜　優攬吸哭　歐內嘎衣吸媽思

ko.chi.ra.ko.so. yo.ro.shi.ku. o.ne.ga.i.shi.
ma.su.

我也是，請多多指教。

Track 131

すみません

思咪媽誰嗯

su.mi.ma.se.n.

不好意思／謝謝

説明

　　「すみません」也可説成「すいません」，這句話可説是日語會話中最常用、也最好用的一句話。無論是在表達歉意、向人開口攀談、甚至是表達謝意時，都可以用「すみません」一句話來表達自己的心意。用日語溝通時經常使用此句，絕對不會失禮。

情境對話

A：あのう、すみませんが、手荷物はどこで
受け取るんですか？

阿no一　思咪媽誰嗯嘎　貼你謀此哇　兜口爹　烏開偷嚕
嗯　爹思咖

a.no.u.　su.mi.ma.se.n.ga.　te.ni.mo.tsu.wa.
do.ko.de.　u.ke.to.ru.n.　de.su.ka.

不好意思，請問行李在哪裡拿呢？

B：どちらの飛行機できたんですか？

兜漆啦no he口一key爹　key他嗯　爹思咖

do.chi.ra.no.　hi.ko.u.ki.de.　ki.ta.n.de.su.ka.

你是坐哪一班飛機？

Track 132

ありがとう

阿哩嘎偷－

a.ri.ga.to.u.

謝謝

情 境 對 話

A：搭乗手続きはどこでするのですか？

偷－糾－貼此資key哇　兜口爹思嚕no　爹思咖

to.u.jo.u.te.tsu.zu.ki.wa.　do.ko.de.su.ru.no.
de.su.ka.

登機報到手續在哪裡辦理？

B：3番カウンターです。

撒嗯巴嗯咖烏嗯他－　爹思

sa.n.ba.n. ka.u.n.ta.a. de.su.

3號櫃檯。

A：ありがとう。

阿哩嘎偷－

a.ri.ga.to.u.

謝謝。

Track 132

ごめん

狗妹嗯

go.me.n.

對不起

説明

「ごめん」也可以説「ごめんなさい」，這句話和
「すみません」比起來，較不正式。通常用於朋友、家人
間。若是不小心撞到別人，或是向人鄭重道歉時，還是要
用「すみません」才不會失禮。

情境對話

A：カラオケに行かない？

咖啦歐開你　衣咖拿衣

ka.ra.o.ke.ni. i.ka.na.i.

要不要一起去唱卡拉OK？

B：ごめん、今日は用事があるんだ。

狗妹嗯　克優哇　優一基嘎　阿嚕嗯搭

go.me.n. kyo.u.wa. yo.u.ji.ga. a.ru.n.da.

對不起，我今天剛好有事。

Track 133

許してください
ゆる

瘀嚕吸貼　哭搭撒衣

yu.ru.shi.te. ku.da.sa.i.

請原諒我

説明

　　「許す」是中文裡「原諒」的意思，加上了「くださ
い」就是請原諒我的意思。若是不小心冒犯了對方，就立
即用這句話道歉，請求對方原諒。

情境對話

A：まだ　勉強中なので、間違っている
　　　　　べんきょうちゅう　　　　　まちが
かもしれませんが、許してくださいね。
　　　　　　　　　　　　　　　ゆる

媽搭　背嗯克優ー去ー拿no爹　媽漆嘎・貼衣嚕　咖謀吸
勒媽誰嗯嘎　瘀魯吸貼　哭搭撒衣內

ma.da. be.n.kyo.u.chu.u.na.no.de. ma.chi.
ga.tte.i.ru. ka.mo.shi.re.ma.se.n.ga. yu.ru.
shi.te. ku.da.sa.i.ne.

我還在學習，也許有錯誤的地方，請見諒。

B：いいえ、こちらこそ。

衣ーせ　口漆啦口搜

i.i.e. ko.chi.ra.ko.so.

彼此彼此。

Track 133

申し訳ありません
もう　わけ

謀ー吸哇開阿哩媽誰嗯

mo.u.shi.wa.ke.a.ri.ma.se.n.

深感抱歉

說 明

　　想要鄭重表達自己的歉意，或者是向地位比自己高的人道歉時，只用「すみません」，會顯得誠意不足，應該要使用「申し訳ありません」、「申し訳ございません」，表達自己深切的悔意。

情境對話

A：こちらは１０２号室です。エアコンの調子が悪いようです。
いちまるにごうしつ
ちょうし　わる

口漆啦哇　衣漆媽嚕你狗ー吸此　爹思　せ阿口嗯no
秋ー吸嘎　哇嚕衣優ー爹思
ko.chi.ra.wa.　i.chi.ma.ru.ni.go.u.shi.tsu
de.su.　e.a.ko.n.no.　cho.u.shi.ga.　wa.ru.i.yo.
u.de.su.
這裡是102號房，空調好像有點怪怪的。

B：申し訳ありません。ただいま点検します。
もう　わけ　　　　　　　　　　てんけん

謀ー吸哇開阿哩媽誰嗯　他搭衣媽　貼嗯開嗯　吸媽思
mo.u.shi.wa.ke.a.ri.ma.se.n.　ta.da.i.ma.
te.n.ke.n.　shi.ma.su.
真是深感抱歉，我們現在馬上去檢查。

Track 134

気にしないでください

key你吸拿衣爹　哭搭撒衣

ki.ni.shi.na.i.de. ku.da.sa.i.

不用在意

説明

當對方道歉時，請對方不要放在心上時，可以用「気にしないでください」來表示。

情境對話

A：返事が遅れて失礼しました。

嘿嗯基嘎　歐哭勒貼　吸此勒－吸媽吸他

he.n.ji.ga. o.ku.re.te. shi.tsu.re.i.shi.ma.shi.ta.

抱歉我太晚給你回音了。

B：大丈夫です。気にしないでください。

搭衣糾－捕爹思　key你吸拿衣爹　哭搭撒衣

da.i.jo.u.bu.de.su. ki.ni.shi.na.i.de. ku.da.sa.i.

沒關係，不用在意。

どういたしまして

兜ー衣他吸媽吸貼

do.u.i.ta.shi.ma.shi.te.

不客氣

説明

　　幫助別人之後，當對方道謝時，要表示自己只是舉手之勞，就用「どういたしまして」來表示這只是小事一樁，何足掛齒。

情境對話

A：ありがとうございます。

阿哩嘎偷ー　狗紮衣媽思

a.ri.ga.to.u. go.za.i.ma.su.

謝謝。

B：いいえ、どういたしまして。

衣ーせ　兜ー衣他吸媽吸貼

i.i.e. do.u.i.ta.shi.ma.shi.te.

不，不用客氣。

こちらこそ

口漆啦口搜

ko.chi.ra.ko.so.

彼此彼此

説明

當對方道謝或道歉時，可以用這句話來表現謙遜的態度，表示自己也深受對方照顧，請對方不用太在意。

情境對話

A：今日はよろしくお願いします。

克優一哇　優攏吸哭　歐內嘎衣吸媽思

kyo.u.wa. yo.ro.shi.ku. o.ne.ga.i.shi.ma.su.

今天也請多多指教。

B：こちらこそ、よろしく。

口漆啦口搜　優攏吸哭

ko.chi.ra.ko.so. yo.ro.shi.ku.

彼此彼此，請多指教。

Track 135

そんなことない

搜嗯拿口偷拿衣

so.n.na.ko.to.na.i.

沒這回事

說明

「ない」有否定的意思。「そんなことない」就是「沒有這種事」的意思。在得到對方稱讚時，用來表示對方過獎了。或是否定對方的想法時，可以使用。

情境對話

A：英語がお上手ですね。

せー狗嘎　歐糾ー資　爹思內

e.i.go.ga. o.jo.u.zu. de.su.ne.

你的英文說得真好。

B：いいえ、そんなことないですよ。

衣ーせ　搜嗯拿口偷　拿衣爹思優

i.i.e. so.n.na.ko.to. na.i.de.su.yo.

不，沒這回事啦。（過獎了。）

Track 136

どうぞ

兜ー走

do.u.so.

請

説明

這句話用在請對方用餐、自由使用設備時，希望對方不要有任何顧慮，儘管去做。

情境對話

A：コーヒーをどうぞ。

ロー he ー喔　兜ー走

ko.o.hi.i.o. do.u.zo.

請喝咖啡。

B：ありがとうございます。

阿哩嘎偷ー　狗紮衣媽思

a.ri.ga.to.u. go.za.i.ma.su.

謝謝。

どうも

兜一謀

do.u.mo.

你好／謝謝

説明

　　和比較熟的朋友或是後輩，見面時可以用這句話來打招呼。向朋友表示感謝時，也可以用這句話。

情境對話

A：そこのお皿を取ってください。

搜口no　歐撒啦喔　偷・貼　哭搭撒衣

so.ko.no. o.sa.ra.o. to.tte. ku.da.sa.i.

可以幫我那邊那個盤子嗎？

B：はい、どうぞ。

哈衣　兜一走

ha.i. do.u.zo.

在這裡，請拿去用。

A：どうも。

兜一謀

do.u.mo.

謝謝。

Track 137

お世話になりました
せわ

歐誰哇你　拿哩媽吸他

o.se.wa.ni. na.ri.ma.shi.ta.

受你照顧了

説 明

「お世話になりました」是用來感謝對方的幫忙與照顧。離開旅遊地可以使用這句話來表示對地主的感謝。

情 境 對 話

A：杉浦さん、この3日間お世話になりました。大変助かりました。
　　すぎうら　　　　　みっかかん　せわ
　　　　　　　　　　　　　たいへんたす

思個衣烏啦啦嗯　口no咪・咖咖嗯　歐誰哇你　拿哩媽吸他　他衣嘿嗯　他思咖哩媽吸他

su.gi.mu.ra.sa.n. ko.no.mi.kka.ka.n. o.se.wa.ni. na.ri.ma.shi.ta. ta.i.he.n. ta.su.ka.ri.ma.shi.ta.

杉浦先生，這3天來受你照顧了。真是幫了我大忙。

B：いいえ、どういたしまして。

衣ー世　兜ー衣他吸媽吸貼

i.i.e. do.u.i.ta.shi.ma.shi.te.

不，別客氣。

偶然ですね
ぐうぜん

古－賊嗯　爹思內

gu.u.ze.n. de.su.ne.

還真是巧呢

説明

　　「偶然」是巧合的意思。「偶然ですね」可以用於碰巧遇到人事物的時候，表示「真巧」。

情境對話

A：あれ？北川さん。
きたがわ

阿勒　key他嘎哇撒嗯

a.re. ki.ta.ga.wa.sa.n.

咦，北川小姐？

B：あ、田中さん。
たなか

阿　他拿咖撒嗯

a. ta.na.ka.sa.n.

啊，是田中先生。

A：偶然 ですね。
ぐうぜん

古－賊嗯　爹思內

gu.u.ze.n. de.su.ne.

還真是巧呢。

予約した田中です

優呀哭　吸他　他拿咖　爹思

yo.ya.ku. shi.ta. ta.na.ka. de.su.

我姓田中，有預約

説明

　　名字加上「です」可以用於表示自己的姓名或身份。「予約した」是已經預約的意思。進入餐廳或是飯店，可以用「予約した田中です」説明自己是已經預約的客人。句尾加上「が」，則可以讓口氣更婉轉。

情境對話

A：いらっしゃいませ。

衣啦‧晴衣媽誰

i.ra.ssha.i.ma.se.

歡迎光臨。

B：予約した田中ですが。

優呀哭　吸他　他拿咖　爹思嘎

yo.ya.ku. shi.ta. ta.na.ka. de.su.ga.

我姓田中，有預約。

こんにちは

口嗯你漆哇

ko.n.ni.chi.wa.

你好

説明

相當於中文中的「你好」。是除了早安和晚安之外，較常用的打招呼用語。

情境對話

A：こんにちは。

口嗯你漆哇
kon.ni.chi.wa.

你好。

B：こんにちは、いい天気ですね。

口嗯你漆哇　衣一貼嗯key　爹思內
kon.ni.chi.wa. i.i.ten.ki. de.su.ne.

你好，今天天氣真好呢！

Track 139

おはよう

歐哈優－

o.ha.yo.u.

早安

説 明

在早上遇到人時都可以用「おはようございます」來打招呼，較熟的朋友可以只説「おはよう」。另外在職場上，當天第一次見面時，就算不是早上，也可以説「おはようございます」。

情 境 對 話

A：おはようございます。

歐哈優－　狗紮衣媽思

o.ha.yo.u.　go.za.i.ma.su.

早安。

B：おはよう。今日も暑いね。

歐哈優－　克優謀　阿此衣內

o.ha.yo.u.　kyo.u.mo.　a.tsu.i.ne.

早安。今天還是很熱呢！

こんばんは

口嗯巴嗯哇

ko.n.ba.n.wa.

晚上好

説明

「こんばんは」是晚上好的意思。入夜之後就用這句話來彼此問候。

情境對話

A：こんばんは。いらっしゃいませ。

口嗯巴嗯哇　衣啦‧瞎衣媽誰

ko.n.ba.n.wa.　i.ra.ssha.i.ma.se.

晚上好，歡迎光臨。

B：チェックインお願いします。

切‧哭衣嗯　歐內嘎衣吸媽思

che.kku.i.n.　o.ne.ga.i.shi.ma.su.

我要check-in。

Track 140

おやすみ

歐呀思咪

o.ya.su.mi.

晚安

説明

晚上睡前道晚安，祝福對方也有一夜好眠。

情境對話

A：眠いから先に寝るわ。

內母衣咖啦　撒key你　內嚕哇

ne.mu.i.ka.ra. sa.ki.ni. ne.ru.wa.

我想睡了，先去睡囉。

B：うん、おやすみ。

烏嗯　歐呀思咪

u.n. o.ya.su.mi.

嗯，晚安。

Track 140

お元気ですか
歐給嗯key爹思咖
o.ge.n.ki.de.su.ka.

近來好嗎

説明

在遇到許久不見的朋友時可以用這句話來詢問對方的近況。但若是經常見面的朋友，則不會使用這句話。

情境對話

A：田口さん、久しぶりです。お元気ですか？

他古漆撒嗯　he撒吸捕哩爹思　歐給嗯key爹思咖
ta.gu.chi.sa.n.　hi.sa.shi.bu.ri.de.su.　o.ge.
n.ki.de.su.ka.

田口先生，好久不見了。近來好嗎？

B：ええ、おかげさまで元気です。鈴木さんは？

せー　歐咖給撒媽爹　給嗯key爹思　思資key撒嗯哇
e.e.　o.ka.ge.sa.ma.de.　ge.n.ki.de.su.　su.zu.
ki.sa.n.wa.

嗯，託你的福，我很好。鈴木先生你呢？

行ってきます

衣・貼key媽思

i.tte.ki.ma.su.

我要出門了

説明

在出家門前，或是公司的同事要出門處理公務時，都會説「行ってきます」，告知自己要出門了。另外參加表演或比賽時，上場前也會説這句話喔！

情境對話

A：じゃ、行ってきます。

咖　衣・貼key媽思

ja. i.tte.ki.ma.su.

那麼，我要出門了。

B：行ってらっしゃい。

衣・店啦・瞎衣

i.tte.ra.ssha.i.

慢走。

行ってらっしゃい

衣・貼啦・瞎衣

i.tte.ra.ssha.i.

請慢走

説　明

聽到對方説「行ってきます」的時候，我們就要説
「行ってらっしゃい」表示祝福之意。

情 境 對 話

A：行ってきます。

衣・貼key媽思

i.tte.ki.ma.su.

我要出門了。

B：行ってらっしゃい。気をつけてね。

衣・貼啦・瞎衣　key喔此開貼內

i.tte.ra.ssha.i. ki.o.tsu.ke.te.ne.

請慢走。路上小心喔！

Track 142

ただいま

他搭衣媽

ta.da.i.ma.

我回來了

説 明

從外面回到家中或是公司時，會説這句話來告知大家自己回來了。另外，回到久違的地方，也可以説「ただいま」。

情 境 對 話

A：ただいま。

他搭衣媽

ta.da.i.ma.

我回來了。

B：お帰りなさい。

歐咖せ哩拿撒衣

o.ka.e.ri.na.sa.i.

歡迎回來。

Track 142

また
媽他
ma.ta.

下次見

説 明

這句話多半使用在和較熟識的朋友道別的時候，另外在通mail或電話時，也可以用在最後，當作「再聯絡」的意思。另外也可以説「では、また」。

情 境 對 話

A：じゃ、またね。
加　媽他內
ja. ma.ta.ne.
那下次見囉！

B：また会いましょう。
加　媽他阿衣媽休－
ja. ma.ta.a.i.ma.sho.u.
有緣再會。

Track 143

さようなら

撒優拿啦

sa.yo.u.na.ra.

再會

說明

「さようなら」多半是用在雙方下次見面的時間是很久以後，或者是其中一方要到遠方時。若是和經常見面的人道別，則是用「じゃ、また」就可以了。

情境對話

A：じゃ、また連絡しますね。

加　媽他　勒嗯啦哭吸媽思內

ja. ma.ta. re.n.ra.ku.shi.ma.su.ne.

那麼，我會再和你聯絡的。

B：ええ、さようなら。

せー　撒優一拿啦

e.e. sa.yo.u.na.ra.

好的，再會。

Track 143

失礼します

吸此勒－吸媽思

shi.tsu.re.i.shi.ma.su.

再見／抱歉

説明

當自己覺得懷有歉意，或者是可能會打擾對方時，可以用這句話來表示。而當自己要離開，或是講電話時要掛電話前，也可以用「失礼します」來表示再見。

情境對話

A：これで失礼します。

口勒爹　吸此勒－吸媽思

ko.re.de.　shi.tsu.re.i.shi.ma.su.

不好意思我先離開了。

B：はい。ご苦労様でした。

哈衣　狗哭攞－撒媽　爹吸他

ha.i.　go.ku.ro.u.sa.ma.　de.shi.ta.

好的，辛苦了。

Track 144

気^きをつけてね

Key喔此開貼內

i.o.tsu.ke.te.ne.

保重／小心

説明

　　通常用於道別的場合，請對方保重身體。另外在想要叮嚀、提醒對方的時候使用，這句話有請對方小心的意思。但也有「打起精神！」「注意！」的意思。

情境對話

A：じゃ、そろそろ帰^{かえ}ります。

加　搜攏搜攏　咖せ哩媽思

ja. so.ro.so.ro. ka.e.ri.ma.su.

那麼，我要回去了。

B：暗^{くら}いから気^きをつけてください。

哭啦衣咖啦　key喔此開貼　哭搭撒衣

ku.ra.i.ka.ra. ki.o.tsu.ke.te. ku.da.sa.i.

天色很暗，請小心。

A：はい、ありがとう。また明日^{あした}。

哈衣　阿哩嘎偷一　媽他　阿吸他

ha.i.a.ri.ga.to.u. ma.ta. a.shi.ta.

好的，謝謝。明天見。

Track 144

いらっしゃい

衣啦・瞎衣

i.ra.ssha.i.

歡迎

説明

　　到日本旅遊進到店家時，第一句聽到的就是這句話。
而當別人到自己家中拜訪時，也可以用這句話表示自己的
歡迎之意。

情境對話

A：いらっしゃいませ、ご注文は何ですか？

衣啦・瞎衣媽誰　狗去一謀嗯哇　拿嗯多思咖

i.ra.ssha.i.ma.se. go.chu.u.mo.n.wa.
na.n.de.su.ka.

歡迎光臨，請要問點些什麼？

B：チーズーバーガーのハッピーセットを1
つください。

漆一資一巴一嘎一no　哈・披一誰・偷喔　he偷此哭搭撒
衣

chi.i.zu.u.ba.a.ga.a.no. ha.ppi.i.se.tto.o.
hi.to.tsu.ku.da.sa.i.

給我一份起士漢堡的快樂兒童餐。

Track 145

恐れ入ります
おそ　い

歐搜勒衣哩媽思

o.so.re.i.ri.ma.su.

抱歉／不好意思

説 明

這句話含有誠惶誠恐的意思，當自己有求於人，又怕對方正在百忙中無法抽空時，就會用這句話來表達自己實在不好意思。

情 境 對 話

A：お休み中に恐れ入ります。
　　やす　ちゅう　おそ　い

歐呀思咪去－你　歐搜勒衣哩媽思

o.ya.su.mi.chu.u.ni. o.so.re.i.ri.ma.su.

不好意思，打擾你休息。

B：何ですか？
　　なん

拿嗯爹思咖

na.n.de.su.ka.

有什麼事嗎？

結構です
けっこう

開・口一爹思

ke.kko.u.de.su.

好的／不用了

説明

「結構です」有正反兩種意思，一種是表示「可以、沒問題」；但另一種意思卻是表示「不需要」，帶有「你的好意我心領了」的意思。所以當自己要使用這句話時，別忘了透過語調和表情、手勢等，讓對方了解你的意思。

情境對話

A：よかったら、もう少し頼みませんか？
すこ　たの

優咖・他啦　謀一思口吸　他no咪媽誰嗯咖

yo.ka.tta.ra. mo.u.su.ko.shi. ta.no.mi.ma.
se.n.ka.

如果想要的話，要不要再多點一點菜呢？

B：もう結構です。十分いただきました。
けっこう　じゅうぶん

謀一開・口一爹思　居一捕嗯　衣他搭key媽吸他

mo.u.ke.kko.u.de.su. ju.u.bu.n. i.ta.da.ki.
ma.shi.ta.

不用了，我已經吃很多了。

Track 146

遠慮しないで

せ嗯溜吸拿衣爹

e.n.ryo.u.shi.na.i.de.

不用客氣

説明

因為日本民族性中，為了盡量避免造成別人的困擾，總是經常拒絕或是有所保留。若遇到這種情形，想請對方不用客氣，就可以使用這句話。

情境對話

A：遠慮しないで、たくさん召し上がってくださいね。

せ嗯溜吸拿衣爹　他哭撒嗯　妹吸阿嘎‧貼　哭搭撒衣內

e.n.ryo.u.shi.na.i.de. ta.ku.sa.n. me.shi.a.ga.tte. ku.da.sa.i.ne.

不用客氣，請多吃點。

B：では、お言葉に甘えて。

爹哇　歐口偷巴你　阿媽せ貼

de.wa. o.ko.to.ba.ni. a.ma.e.te.

那麼，我就恭敬不如從命。

お待たせ

歐媽他誰

o.ma.ta.se.

久等了

説明

　　當朋友相約，其中一方較晚到時，就可以説「お待た
せ」。而在比較正式的場合，比如説是面對客戶時，無論
對方等待的時間長短，還是會説「お待たせしました」，
來表示讓對方久等了，不好意思。

情境對話

A：ごめん、お待たせ。

狗妹嗯　歐媽他誰

go.me.n. o.ma.ta.se.

對不起，久等了。

B：ううん、行こうか？

烏一嗯　衣口一咖

u.u.n. i.ko.u.ka.

不會啦！走吧。

Track 147

とんでもない

偷嗯多謀拿衣

to.n.de.mo.na.i.

哪兒的話／過獎了／太不合情理

説明

這句話是用於表示謙虛。當受到別人稱讚時，回答「とんでもないです」，就等於是中文的「哪兒的話」。而當自己接受他人的好意時，則用這句話表示自己沒有好到可以接受對方的盛情之意。

情境對話

A：これ、つまらない物ですが。

口勒　此媽啦拿衣　謀no爹思嘎

ko.re. tsu.ma.ra.na.i. mo.no.de.su.ga.

送你，這是一點小意思。

B：お礼をいただくなんてとんでもないことです。

歐勒一喔　衣他搭哭拿嗯貼　偷嗯多謀拿衣　口偷爹思

o.re.i.o. i.ta.da.ku.na.n.te. to.n.de.mo.na.i. ko.to.de.su.

怎麼能收你的禮？真是太不應該了啦！

もしもし

謀吸謀吸

mo.shi.mo.shi.

喂

説 明

當電話接通時所講的第一句話，用來確認對方是否聽到了。

情 境 對 話

A：もしもし、聞こえますか？

謀吸謀吸　key口せ媽思咖

mo.shi.mo.shi. ki.ko.e.ma.su.ka.

喂，聽得到嗎？

B：ええ、どなたですか？

せー　兜拿他　爹思咖

e.e. do.na.ta. de.su.ka.

嗯，聽得到。請問是哪位？

はい
哈衣

ha.i.

好／是

説 明

在對長輩説話，或是在較正式的場合裡，用「はい」來表示同意的意思。另外也可以表示「我在這」、「我就是」。

情 境 對 話

A：あの人は桜井さんですか？

阿nohe偷哇　撒哭啦衣撒嗯　爹思咖

a.no.hi.to.wa.　sa.ku.ra.i.sa.n　de.su.ka:

那個人是櫻井先生嗎？

B：はい、そうです。

哈衣　搜一爹思

ha.i.　so.u.de.su.

嗯，是的。

いいえ

衣ーせ

i.i.e.

不好／不是

説 明

在正式的場合，否認對方所説的話時，用「いいえ」
來表達自己的意見。

情 境 對 話

A：もう食べましたか？

謀ー 他背媽吸他咖

mo.u. ta.be.ma.shi.ta.ka.

你吃了嗎？

B：いいえ、まだです。

衣ーせ 媽搭爹思

i.i.e. ma.da.de.su.

不，還沒。

Track 149

えっと

 せ・偷

e.tto.

呃…

説明

回答問題的時候，如果還需要一些時間思考，日本人通常會用重複一次問題，或是利用一些詞來延長回答的時間，像是「えっと」「う～ん」之類的，都可以在思考問題時使用。

情境對話

A：全部でいくら？

賊嗯捕爹　衣哭啦

se.n.bu.de i.ku.ra.

全部多少錢？

B：えっと、3000円くらいかなあ。

せ・偷　撒嗯賊嗯せ嗯　哭啦衣咖拿一

e.tto. sa.n.ze.n.e.n. ku.ra.i.a.na.a.

呃…，大概3000日元左右吧。

わたしも

哇他吸謀

wa.ta.shi.mo.

我也是

説明

「も」這個字是「也」的意思，當人、事、物有相同的特點時，就可以用這個字來表現。

情境對話

A：昨日海へ行ったんだ。

keyno一　烏咪せ　衣・他嗯搭

ki.no.u.　u.mi.e.　i.tta.n.da.

我昨天去了海邊。

B：本当？わたしも行ったよ。

吼嗯偷一　哇他吸謀　衣・他優

ho.n.to.u.　wa.ta.shi.mo.　i.tta.yo.

真的嗎？我昨天也去了耶！

とにかく

偷你咖哭

to.ni.ka.ku.

總之

説明

在遇到困難或是複雜的狀況時，要先做出適當的處置時，就會用「とにかく」。另外在表達事物程度時，也會用到這個字，像是「とにかく寒い」，就是表達出「不管怎麼形容，總之就是很冷」的意思。

情境對話

A：田中さんは用事があって今日は来られないそうだ。

他拿咖撒嗯哇　優一基嘎　阿・貼　克優一哇　口啦勒拿衣　搜一搭

ta.na.ka.sa.wa. yo.u.ji.ga a.tte. kyo.u.wa ko.ra.re.na.i so.u.da.

田中先生今天好像因為有事不能來了。

B：とにかく昼まで待ってみよう。

偷你咖哭　he嚕媽爹　媽・貼　咪優一

to.ni.ka.ku. hi.ru.ma.de. ma.tte. mi.yo.u.

總之我們先等到中午吧。

そうだ

搜一搭

so.u.da.

對了

説明

　　突然想起某事時，可以用「そうだ」來表示自己忽然想起了什麼。另外，當自己同意對方所説的話時，也可以用這句話來表示贊同。

情境對話

A：あ、そうだ。プリン買うのを忘れちゃった。

阿　搜一搭　撲哩嗯　咖烏no喔　哇思勒捔・他

a.so.u.da.　pu.ri.n.　ka.u.no.o.　wa.su.re.cha.tta.

啊，對了。我忘了買布丁了。

B：じゃあ、買ってきてあげるわ。

加一　咖・貼key貼　阿給魯哇

ja.a.　ka.tte.ki.te　a.ge.ru.wa.

那，我去幫你買吧。

Track 151

あれっ

阿勒

a.re.

咦

説 明

突然發現什麼事情，或是心中覺得疑惑的時候，會用這句話來表示驚訝。

情 境 對 話

A：あれっ、1個足りない。

阿勒　衣・口他哩拿衣

a.re. i.kko. ta.ri.na.i.

咦？還少1個。

B：本当だ。

吼嗯偷一搭

ho.n.to.u.da.

真的耶。

Track 151

さあ

撒ー

sa.a.

天曉得／我也不知道

説明

　　當對方提出疑問，但自己也不知道答案是什麼的時候，可以一邊歪著頭，一邊説「さあ」，來表示自己也不懂。

情境對話

A：山田さんはどこへ行きましたか？

呀媽搭撒嗯哇　兜口せ　衣key媽吸他咖

ya.ma.da.sa.n.wa.　do.ko.e.i.ki.ma.shi.ta.ka.

山田小姐去哪裡了？

B：さあ。

撒ー

sa.

我也不知道。

韓語單字
萬用小抄
一本就GO（48開）

Don't worry
活學活用英語
生活會話（50開）

國民日語
會話大全集
（25開）

本書專為初學者設計，網羅生活中必備的單字，也搭配羅馬簡易拼音輔助發音，同時收錄了初學者最想學的動詞變化及生活韓語短句，不論單字，還是想說的話，通通都在這一本！

編輯了在家中時光、交通旅遊、飲食購物以及學校職場上的常用會話。將英文從基本開始學起，並對各種情境加以解釋說明，從生活瑣事來活用英文，讓你輕鬆將英文脫口而出。

隨時翻，馬上學，立即應用！最貼近生活的超實用會話大全集，詳列一定會用到的各式生活會話短句，讓您從容面對各種場景、輕鬆表情達意！

永續圖書
線上購物網

www.foreverbooks.com.tw

◆ 加入會員即享活動及會員折扣。

◆ 每月均有優惠活動，期期不同。

◆ 新加入會員三天內訂購書籍不限本數金額，
  即贈送精選書籍一本。(依網站標示為主)

專業圖書發行、書局經銷、圖書出版

國家圖書館出版品預行編目資料

背包客的菜日文自由行／雅典日研所企編
-- 初版. -- 新北市：雅典文化，民103.02
面；　公分. --（生活日語；5）
ISBN 978-986-5753-02-3(平裝附光碟片)
1. 日語 2. 旅遊 3. 會話
803.188　　　　　　　　　　　　102025462

生活日語系列 05

背包客的菜日文自由行

企編／雅典日研所
責編／許惠萍
美術編輯／林于婷
封面設計／劉逸芹

法律顧問：方圓法律事務所／涂成樞律師

總經銷：永續圖書有限公司　　　　CVS代理／美璟文化有限公司
永續圖書線上購物網　　　　　　　TEL：（02）2723-9968
www.foreverbooks.com.tw　　　　FAX：（02）2723-9668

出版日／2014年2月

雅典文化

出版社　22103　新北市汐止區大同路三段194號9樓之1
TEL　（02）8647-3663
FAX　（02）8647-3660

姓名：		性別：	□男　　□女
出生日期：　年　　月　　日		電話：	
學歷：		職業：	
E-mail：			
地址：□□□			
從何處購買此書：		購買金額：　　　　元	
購買本書動機：□封面 □書名 □排版 □內容 □作者 □偶然衝動			

你對本書的意見：
內容：□滿意□尚可□待改進　　編輯：□滿意□尚可□待改進
封面：□滿意□尚可□待改進　　定價：□滿意□尚可□待改進

其他建議：

總經銷：永續圖書有限公司

永續圖書線上購物網
www.foreverbooks.com.tw

您可以使用以下方式將回函寄回。

您的回覆，是我們進步的最大動力，謝謝。

① 使用本公司準備的免郵回函寄回。

② 傳真電話：（02）8647-3660

③ 掃描圖檔寄到電子信箱：

　　yungjiuh@ms45.hinet.net

沿此線對折後寄回，謝謝。

廣 告 回 信
基隆郵局登記證
基隆廣字第056號

2 2 1 0 3

 雅典文化事業有限公司　收
新北市汐止區大同路三段194號9樓之1

Track 050

イェ

● 羅馬拼音　ye　　● 中式發音　耶

Track 050

ウィ

● 羅馬拼音　ui　　● 中式發音　we

（英語的「we」）

Track 050

ウェ

● 羅馬拼音　ue　　● 中式發音　喂